张新颖

一九六七年生于山东，复旦大学中文系教授。曾获得第四届华语文学传媒大奖·文学评论家奖、第一届当代中国文学批评家奖、第六届鲁迅文学奖、第十届国家图书馆文津图书奖等多种奖项。

主要作品有：

中国现代文学研究著作《二十世纪上半期中国文学的现代意识》、《沈从文的后半生》、《沈从文九讲》、《沈从文与二十世纪中国》等；

当代文学批评集《栖居与游牧之地》、《双重见证》、《无能文学的力量》、《置身其中》、《当代批评的文学方式》、《来路》等；

随笔集《迷恋记》、《此生》、《有情》、《风吹小集》、《读书这么好的事》等。

张 新 颖 随 笔

迷恋记

张新颖 著

黄山书社

图书在版编目(CIP)数据

迷恋记/张新颖著.—合肥:黄山书社,2017.2
ISBN 978-7-5461-6236-2

Ⅰ.①迷… Ⅱ.①张… Ⅲ.①随笔-作品集-中国-当代
Ⅳ.①I267.1

中国版本图书馆 CIP 数据核字(2017)第 024015 号

迷恋记
MILIAN JI

张新颖 著

出 品 人 王晓光
责任编辑 张月阳 刘莉萍
装帧设计 观止堂_刘俊
出版发行 时代出版传媒股份有限公司(http://www.press-mart.com)
黄山书社(http://www.hspress.cn)
官方直营书店(http://hsssbook.taobao.com)
营销部电话:0551-63533768 63533788
(合肥市蜀山区翡翠路 1118 号出版传媒广场 7 层 邮编:230071)
经 销 新华书店
印 制 安徽新华印刷股份有限公司

开本 880×1230 1/32 印张 6.625 字数 140 千字
版次 2017 年 5 月第 1 版 2017 年 5 月第 1 次印刷
书号 ISBN 978-7-5461-6236-2 定价 28.00 元

目次

小引

我是中文系出身，毕业后教书和研究，也一直都没脱离中国现当代文学的范围；超出这个范围，话就不怎么敢说了。不过，如果说到读书，那可就没有什么专业意识，兴之所至，不知道跑野马会跑到哪里去。读得最多的，大概是外国文学，在其中穿行，游荡，低徊流连，沉迷不已。一转眼，已经二十多年。有意思的是，从来没想过要变成一个外国文学研究专家，就是自足于这样一种业余的状态，这样一种长期的爱好者的状态。不求甚解而能欣然会意，不是很奇妙吗？即使这会意只是自以为是，那也无妨。

不求甚解却还长期迷恋，这是怎么回事？这迷恋是流动的，是一个接一个的？还是，其实迷恋的就是一种东西？蜻蜓点水，每一次都是触水的瞬间，即刻飞离；可是紧接着就是再一次触水，一次连着一次，一连串的点水。我小时候看蜻蜓点水，常常看很长时间，这当然首先是蜻蜓点水常常时间很长，小孩子才有的看；再就是，蜻蜓点水的风致，其实很好看的。

偶尔写点相关的文字，时间久了，也积下了这么一些；编排在一起，就叫《迷恋记》吧。

二〇〇七年二月二十日　复旦大学

此书初版于二〇一〇年，现在出新版，增添了几篇文章，编为两辑，放在后面。

二〇一六年八月十九日

没 能 成 为 的
那 个 人

没能成为的那个人

莫文蔚的歌《爱》，最后唱："你还记得吗/ 记忆的炎夏/ 我终于没选择的分岔/ 最后又有谁到达。""选择的分岔"，这稍嫌别扭的汉语，让人想到那首著名的诗。词作者李焯雄一定读过弗罗斯特（Robert Frost）的《一条未走的路》（*The Road Not Taken*），相信你也读过——

> 深黄的林子里有两条岔开的路，
> 很遗憾，我，一个过路人，
> 没法同时踏上两条征途

想起来了吧？那就不用我往下引了。"林中有歧路，偏向荒径寻。"他选择了一条路，而把另一条留待将来。可多年后他要感叹，那条没走的路是一条永远不可能再走的路，因为，人生这东西，像张爱玲小说里的人物说的那样，回不去了。

那条没走的路会造成什么不同的生命情景，只能去想象，那个你没能成为的人是什么样子，你不会知道。

可是卡尔维诺（Italo Calvino）在《命运交叉的城堡》里，让一个犹豫不决者碰到了他本来有可能成为的人——

“你是谁？”

“我是应该娶你没有选择的那个姑娘的人，是应该在岔路口选择另外一条路的人，是应该在另外一口井喝水解渴的人。你不做出选择，也妨碍了我的选择！”

“那你去哪里？”

“去与你将要去的旅店不同的另一家旅店。”

“我在哪里能再见到你？”

“在与将要吊死你的绞架不同的另一个绞架上吊着。再见！”

说到绞架，就到底了，没有什么好玩的了。谁在乎一个绞架和另一个绞架有什么不同？像卡尔维诺这样的聪明人，有本事把有意思的问题弄得索然寡味。

有意思的不是这样的聪明和智慧，而是，类似于葡萄牙诗人佩索阿（Fernando Pessoa）在《烟草铺子》里写出的句子——

> 我活过，学习过，甚至相信过，
> 而现在，我羡慕任何一个乞丐只因
> 他不是我

二〇〇二年八月二十四日

汉语中的外国文学

对具体翻译作品的说三道四给人以一种假象：似乎存在着最完美的翻译，只不过现在没达到罢了。其实翻译本身即不被信任，这才是根子上的问题。人们不知道把翻译作品放在哪儿才好。比如说汉译海明威作品，当然和海明威用英语写的原文不一样，南京的小说家朱文在把海明威作为目标盯了两年之后，才恍悟道："我所了解的海明威从某种角度说毕竟是一个汉化的海明威，对我来说，他是一个并不存在的汉语作家。"

按照比较文学里的一些看法，其实存在一个叫海明威的汉语作家，只不过顶着这个名字的不只是一具身体。海明威的汉语作品是由海明威和汉语译者共同创作的——对于这一点似乎没有多大的疑问，如果不考虑变为汉语作品之前的环节，只从成为汉语作品那一刻算起，那么在进入汉语环境的程序和形式上，就和一个汉语作家写的汉语作品没有什么两样。所以比较文学会说：汉语里的外国文学，是汉语文学的一部分。

这似乎为翻译文学在中国文学中找好了一个位置。人们通常是把翻译文学叫作外国文学的，当这种粗略的叫法被语言的根本性差异所质疑的时候，就只好再另外找个安置的地方——大概它两边都待不舒服。

其实处在两者的中间地带有什么不好呢？不好不过是来自一些自以为是的俗见吧。要是一个人阅读翻译作品，他就得准备应对类似这样的劝告：一种劝你干脆放弃，还是回过头来读用我们自己的语言写成的作品吧；另一种则建议你直接去读原文。

第二种意见似乎颇有道理，这个道理已经被重复了无数遍，总而言之翻译靠不住，翻译使原作失去了很多有价值的、独特的东西，文学尤其不能翻译，诗歌尤其尤其不能翻译……如此等等。直接去读原文当然是一个好方法，但我想来仍然不是一个完美无缺的方法：是不是要先变成一个外国人再去读外国文学，否则怎么能确保读原文就不失去什么呢？

聪明人说，诗就是翻译过程中失去的东西。翻译过来的诗歌似乎不值一看了。我读陈敬容、冯至等翻译的里尔克的诗，仍然觉得里尔克的伟大和光辉。我找不出哪一个汉语诗人可以取代他，好使我只读来路纯正的汉诗。这个经验到的普通事实，同时也可以用来答复第一种劝告。

如果指出具体翻译的错误而不是从根本上排斥翻译，当然没有什么话好说。但“正确”的翻译却未必好，却也是不得不承认的。徐梵澄译《苏鲁支语录》，“缀言”里说：“一个译本无疵可指，处处精确，仍然可能是坏译本，不堪读。正如为人，‘非之无举也，刺之无刺也’，仍往往是‘乡愿’，不是‘圣人’。”

而博尔赫斯说得更彻底，他认为伟大的作品根本就不会因为翻译而失去其伟大："具有不朽的禀赋的作品却经得起印刷错误的考验，经得起近似的译本的考验，也经得起漫不经心的阅读和不理解，它不会失去其实质精神……《堂吉诃德》在其作者死后的战斗中战胜了它的译者，并且不管这些译本多么粗制滥造，它仍然保存了下来。"

一九九七年七月八日

作家们

朋友敞开办公室书柜的门，慷慨地让我随便挑。乱七八糟的一堆，可以想见主人对它们的兴趣有多少。我表示没有中意的。朋友有些歉意。我也为自己的直率有点不好意思，就用手翻弄，不意有了惊喜的发现。我马上又说：你舍得吗？我有点利用了朋友的慷慨和歉意，他不舍得也只能舍得了，就这样我终于拥有了一册心里渴念了好久的——《卡希人像摄影选集》。

人们津津乐道的是卡希（Karsh）出其不意地拔下邱吉尔首相口中的雪茄，在首相恼怒异常的时候他拍下了一幅永垂史册的肖像：怒目而视的邱吉尔被当成了战时英国不屈不挠的象征——这幅摄影作品完成于一九四一年十二月的某个瞬间。但由于我个人的偏见和兴趣的狭隘，这册摄影集里的政治家肖像并没有浪费我多少时间，吸引了我的目光的是那些画家、音乐家、科学家、医生、一名苏格兰缝帆老人和辽阔麦田里的农民；特别是作家们，通过卡希的摄影机和他们会面，令人产生出“额外”的亲近，那种仿佛在意料之外的“会心”。

弗拉基米尔·纳博科夫的一张彩色摄影：两只手举着一个小小的蝴蝶标本，举到下巴那儿；两只眼睛闪着不能确定的光，这不能确定的总和中肯定有嘲讽的成分在。这张照片摄于一九七二年，卡希还用文字告诉人们，纳博科夫晚年在瑞士蒙塔路宫大饭店定居，"那里的旧时情调对这位流亡异国的俄国人非常适宜"。也许真是这样，在此之前，我注意到纳博科夫在康奈尔大学寓所的一张照片，眼睛低垂，满脸倦容，绝没有眼前这张的神采。卡希顺便还说道，关于那部讽刺美国道德价值的小说《洛丽塔》，纳博科夫诙谐地说："我对美国妇女了如指掌，当我还是个蝴蝶专家的时候，我就在她们至关重要的大学时期教过她们。"

卡希说海明威是他遇到的最腼腆的人，史蒂芬·里科克的风趣幽默给他留下了极深的印象。一天晚上，里科克带卡希去钓鱼，他的船坞里泊着两只船，一个小舟和一艘汽艇，卡希一下子就跳到汽艇上。"不，不，"里科克叫道，"我们坐小舟去，我来划船。"卡希问为什么，里科克说："坐汽艇太省力了，总是一下就到目的地。"如果我们想把世界上的人分成两种，选择坐汽艇还是划小舟倒也是一种方法，愿意费时费力的绝不会只里科克一人，至少还有几个作家同行做伴吧。

伊弗林·沃的作品我只读过有名的《兴仁岭重临记》，他的形象我还是在这册摄影集里第一次见到。卡希的观察相当细致："在那次为迎接我们而设的精制午餐中，无论是对餐桌上的礼节、上菜的次序还是酒的挑选，他都异乎寻常地讲究。这位十足的派头主义者疾步跑下已有几百年历史的石阶来欢迎我们，但对我们的司机伸出的手则故意置之不理。”我想起董桥在一篇短文里称赞小说家沃是不滥情的，他可是真的当得起这样的称赞。

其实做一个作家是幸福的，意识到这种幸福、敢于承认这种幸福的作家才是好作家。这种幸福的根基在于他能够不断表达自己，不断地尝试使自己的表达更接近真实、更加完善，而不是通常所说的创造另一个世界的生活。任何创造说到底是自我表达。卡希拍下了格雷厄姆·格林的一张沉思的照片，格林对作家这一行当的特殊幸福深有体会，但他却是在通常所理解的创造另一个世界的意义上表明这种幸福的：“有时候我在想，那些不写作，也不作曲或画画的人，他们将如何逃避人类生存环境中固有的疯狂呢？”

卡希为许多著名作家拍摄了肖像，一下子就打动了我而且持久地感染着我的是W·H·奥登的半身照。这张照片摄于一九七二年，奥登回到了英国，可是英国已不是他客居时思念的英国。卡希记述了当时的情景：在伦敦的一座花园里，“像是某种不祥的预兆，他与我妻子谈了两个小时已故的朋友。他不停地吸烟，谈话常常被撕心裂肺的咳嗽打断。说话时分，花园里天色渐暗，我仅为这张美丽而饱经风霜的脸留下了一幅快照。‘再来吧，过些时候就来吧！’他热情地邀请着，但我知道，我可能再也见不到他了”。奥登站在伦敦的花园里，双手插进西装口袋，头斜侧，微仰，表情肃穆，眼望我们看不见的某个地方。他的双颊、额头满是清晰的皱纹，我从来没有见过这样静美、忧伤、又饱含持久绵延的力量、自然、实在的皱纹。

一九九六年八月二十三日

为什么读经典

为什么读经典？这个问题往往会被不知不觉地转换成另外的问题：读经典有什么用途？有什么好处？转换了，我们还以为是同一个问题。既然我们这么关心用途和好处，那么也就不必回避，直接的回答是：没有什么用途，没有什么好处。伊塔洛·卡尔维诺说：唯一可以举出来讨他们欢心的理由是，读经典总比不读好。他在《为什么读经典》（译林出版社，2006 年第一版）里援引了一个故事：当毒药正在准备的时候，苏格拉底还在用长笛练习一首曲子。"这有什么用呢？"有人问他。"至少我死前可以学习这首曲子。"

在不同的时期读经典，意义不同。青少年时代，每一次阅读都是第一次接触一个世界，如同在现实中接受新鲜的经验一样。许多年之后，也许我们已经忘记了我们读过的书，可是它已经把种子留在了我们身上，它持续地在我们身上起作用，虽然我们未必意识得到。"当我们在成熟时期重读这本书，我们就会重新发现那些现已构成我们内部机制的一部分的恒定事物"。尽管如此，卡尔维诺还是认为，年轻时候的阅读往往价值不大，"这又是因为我们没耐心、精神不能集中、缺乏阅读技能，或因为我们缺乏人生经验”。基于这个理由，一个人在成熟的年龄，应该有一段时间去重新发现曾经读过的重要作品，这个时候他会欣赏或者说应该欣赏更多的细节、层次和含义。“一部经典作品是一本每次重读都像初读那样带来发现的书。”对于以前一直未曾读过的经典，也不妨假设是为自己保留了一个机会，“等到享受它们的最佳状态”——包括最佳的年龄——来临时才阅读它们，“它们也仍然是一种丰富的经验”。

关于重读，我在另外的地方看到过两个大诗人之间的交谈。

墨西哥诗人奥克塔维奥·帕斯年轻的时候曾经去访问过美国前辈诗人罗伯特·弗罗斯特，弗罗斯特说他十五岁时写第一首诗，“我那时正在读普雷斯科特，也许是阅读他的书使我想到你们的国家，你读过普雷斯科特的书吗？”

“那是我祖父最喜欢读的书之一，因此当我是个男孩时便读过他的书，我愿意重读他的书。”

“我也喜欢重读一些书。我不相信不重复读书的家伙，还有那些读很多书的人。在我看来他们很蠢，这些现代的疯子，这样做只会增加学究的数量。我们应该经常认真地阅读某些书。”

“一位朋友告诉我人们发明了一种快速阅读法，我猜他们是想要把它介绍到学校里去。”

“他们疯了，应该教别人的是慢读，而不是填鸭式的让人烦躁。你知道人们为什么要发明这些玩意吗？因为他们害怕。人们害怕无所事事，那会危及他们的安全。”

两位诗人的谈话涉及到了人所处的社会现实和阅读环境。必须说，人应该知道他是在哪里、在哪个位置上阅读经典的。卡尔维诺假设了一种幸运的读者，他可以把阅读时间专诚献给经典作家和作品，他的阅读和当代生活的任何世俗方式——如为报刊写评论，谋取大学教授职位，等等——无关，他甚至可以避免读报纸。这样幸运的读者也许存在吧，绝大多数人却不是，而且这样的阅读也未必合理。“当代世界也许是平庸和愚蠢的，但它永远是一个脉络，我们必须置身其中，才能够顾后或瞻前。阅读经典作品，你就得确定自己是从哪一个‘位置’阅读的，否则无论是读者或文本都会容易漂进无始无终的迷雾里。因此，我们可以说，从阅读经典中获取最大益处的人，往往是那种善于交替阅读经典和大量标准化的当代材料的人。”

也可以说，阅读经典，一方面需要把经典里面蕴藏的信息读出来，读到当下的世界里来，读到你自己身上来；同时，也需要把当代的信息读进去，把你个人的信息读进去，读到经典里面去。这个当下的世界和当代的信息，这个你个人，就是你在你的位置上所感受和意识到的，不必幻想你是在桃花源。这就是为什么，你要知道你是在哪里读经典。

二〇〇七年一月二十四日

精神领域的自主性所遭受的围困

法国社会学家皮埃尔·布尔迪厄向德裔美籍先锋艺术家汉斯·哈克介绍了萨特之后法国知识分子形象——这个形象是从左拉到萨特期间树立的——不断遭到破坏的情形：人们以时尚模式对待精神生活，将时装逻辑带进文艺生活，或者更糟，将政治逻辑带进文艺生活；保守集团一致行动，旨在制造某种思想氛围……

哈克问：这些人总不会自以为是知识分子吧？

布尔迪厄说：可惜正相反。他们想按照自己的形象，也就是按照自己的尺寸，重新确定知识分子的面貌和作用。这些人只保留了知识分子的外部表象，既无批判意识，也无专业才能和道德信念，却在现时的一切问题上表态，因此几乎总是与现存秩序合拍。

两个人的对话整理成一本小书，名为《自由交流》，法国色伊出版社一九九四年出版，一九九六年中文译本由三联书店印行，约七万字的篇幅。它透露出的信息在九十年代中国的现实文化环境中颇多可以印证之处，从而再一次提醒我们，对中国知识分子境况的特殊性的强调，必须有一定的限度，而这又是必须具有宽广的视野之后才能恰当地处理的。《自由交流》通过具体的实例，揭示出世界范围内精神领域的自主性所遭受的围困，以及身陷此境，知识分子的屈服和不屈服。

“艺术产品具有 symbolique 力量，它可以用于统治，也可以用于解放”，而如何对付现代形式的 symbolique 统治，如何使批判行动产生效果，实在不是一个容易解决的问题，除非他不关心自由表达，没有意识到自主权所受到的威胁。这种威胁来自社会的各个方面：新闻、出版、学院派、评审团、委员会、国家订货、企业资助、各种奖项和社会荣誉，等等。而敢于拒绝 symbolic 利润的人总是少数，而且拒绝行为仅仅表现为缺席，不会进入公众的视野。知识分子面对诸多问题，常常无能为力。

布尔迪厄对大众媒体的批判性感受尤为强烈。他描述道：“艺术家、作家、学者被排除在公开辩论、公开表态之外（例如，反对海湾战争的人遇到重重障碍，反对野蛮内战的南斯拉夫知识分子也举步维艰!)，不仅如此，时髦的说法是他们根本不存在！某些在媒体上抛头露面的知识分子与媒体中的一些人携手合作，这些人有意无意地贬低知识分子，或者，更严格地说，强化一切机制（以求得紧急效果)，居心不良，使复杂信息更难以传播。”媒体成为精神生活和公众之间的屏障或过滤器，信息只有合乎媒体那些自以为是的标准才是信息，价值只有得到媒体的首肯才能够得到传播之便，布尔迪厄觉察到这一现象之可怕：政界、企业界、金融界“越来越多、越来越有效地介入我们的领域，特别是在公开讨论中抛售他们的劣等‘哲学’”。他们发现，“既然电视介绍的那些‘知识分子’并不见得比他们高明，他们也就理所当然地自认为思想家了”。总有一天，现在还在讲销售策略的人，会发现自己是个哲学家，在电视上或者是他们的著作里表述“他们的”观点，议论一切，包括最专业化的各类问题。如果认为他们推销的仅仅是产品，就太轻视人家了，他们推销的还是他们自己，他们对社会文化的见解及其介入方式。布尔迪厄说，十九世纪，艺术家们，波德莱尔，福楼拜，能够把“资产者”当作粗俗不堪和愚昧无知的人，可是今天的老板往往很有修养，“就连代表标新立异的决裂和真正的 symbolique 革命的艺术，也能毫无障碍地进入资产者的生活艺术之中”。

布尔迪厄语含讥讽，不留情面，说到新闻业总是难抑不平之气：记者不只是“传播”信息，而且“生产”信息，他们有能力将所谓的问题和对这些强制性问题的强制性思考一天一天强加于公众。“意味深长的是文学奖的得主越来越多地是记者，这就肯定了他们作为弱智的思想家的作用。他们为政治家作传，为服侍过的大人物写见证，就艺术或文化问题撰写平庸乏味的评论文章，而这些书居然在畅销书中名列前茅。”

知识界本身的独立性、自主性受到新闻业的压力，而同时也必须看到，新闻业也受制于其他各种权力，这是一层意思；知识分子本身越来越失去历史感和社会冲突感，却是一个更加严重的问题。哈克在一九八八年就以《博德里雅尔的狂喜》对这位当代著名的社会学家现实感的丧失进行了无情的批判，那时他还不可能想到，“靠虚象生活”的博德里雅尔，后来先是在报纸上预言《海湾战争不会发生》，几个月后又出版了令人哗然的《海湾战争不曾发生》。在与布尔迪厄对谈时，哈克直言道："我觉得这种逃避现实很像是神经错乱。"

对话双方共同提到一九六八年文化革命失败给知识分子带来的集体创伤。哈克指出，知识分子为了克服自卑感，逃避幻灭感，走到了管理人员的行列，批判知识分子的形象受到怀疑和揶揄，进而显得有些"过时"而被适时顺变者抛弃。布尔迪厄一语道破这一变化的社会用心："对批判知识分子进行贬谪甚至摧毁，目的在于使反权力失去作用。我们是多余的人，我们居然想个别地或集体地反对神圣的管理法则，真是无法容忍。"

知识分子的集体受挫，与保守主义的相随而来，使人不能不注意到二者之间的关系。布尔迪厄认为，"如果忘记了巴黎公社，就无法理解十九世纪末的思想，从杜尔凯姆到勒邦以及一脉相传的保守主义哲学，同样，如果忘记一九六八年五月运动所带来的创伤，就无法理解在美国和法国重新兴起的保守主义及新保守主义思潮以及新出现的、名副其实的保守主义国际联盟，它拥有联络网、刊物、基金会、社团等等。由于这个集体创伤，某些大学教师陷入了最激烈的保守主义，特别是在艺术和文化问题上……"

《自由交流》晓畅、朴实，不绕圈子，不深奥难懂，却可视为一本"揭秘"的书：揭发统治的机制不愿看到被揭发的隐秘。隐秘的存在，是因为统治是建立在不知情之上的，即被统治者是同谋。把微妙的形式进行拆解，进而唤醒公众的意识，正是研究社会的科学和文学艺术的责任。伊内斯・香佩为这本小书写的引言里特别点出这样一种信念："一旦我们意识到自己不知不觉地受到社会机制的支配，这种意识便会产生解放的效应。"

一九九六年九月十日

吸毒与语言实验

本来我们通常以为的语言，是用来表达一个意思的东西，不管它是载道的，还是言志的，在一个范畴里，载道和言志是对立的，可是，从另外一个更大的范畴来看，它们是一回事，都认为语言是表达某个意思的工具，不管意思是什么，不可能设想语言是什么都不表达的。可是，在一些先锋小说的语言实验里，语言不表达什么明确的意思，既不载道也不言志，也不传达我们日常语言里所有的确定的意义。这样一来，语言解放了，也就是说语言不再是语言之外的一个东西，语言的组合，词汇和词汇组合在一块儿，句子和句子组合在一块儿，这样的组合也不一定是要为了一个特定的目的，为了传达，为了输送某种意义来组合在一块儿，也就是说把语言从语言的意义中解放出来，语言最大限度地获得了它本身，它本身的自由。语言在这里的运用，不再是我们在日常生活里面常规下的语言运用，它变得不指涉语言之外的现实。那么，它变成了什么？在这样的语言运用当中，所指的功能越来越减弱，而能指的功能越来越大，它这句话可能指涉任何的意义。如果所指的功能很大，那么这句话、这个词所指的意义是非常确定的，而把这样的功能减弱之后，一方面可能是没有任何意义，另外一方面是它也可能指任何意义。所以，我们读这样的小说，多少会有这样的感觉，你不知道他在说什么，你好像知道他在说什么，但是你不能确切地说他在说什么，他的语言像梦境里的语言一样，词汇本身获得了很大的自由，但是，词汇连缀在一块儿的意义就不知道了。

这样的语言体验有点类似于人在迷幻状态当中的体验。意大利的电影导演费里尼写了一段话可以用来解释。费里尼讲他喝了一点迷幻剂后的体验：

> 前几天，当我有濒死的感觉时，物体便不再拟人化了。原来一直像一只奇怪的大蜘蛛或拳击手套的电话，如今只是电话而已。也不是，连电话也不是，它什么都不是，很难形容。我不知道那是什么，因为体积、颜色和透视的概念，是了解事物的一种方法，是界定事物的一组符号，是一张地图，一本可供大众使用的公认的初级教科书，而对我来说，这种与物体的理性关系突然中断了。

你判断一个东西，比如他举的例子，电话，凭什么你看到那个东西，你的意识里马上反映是电话？这里有很多综合的信息，比如它的形状、颜色，放的位置，等等。因为构成电话的每一个因素都是有意义的，它的颜色、形状、体积，这些联系起来指向某个意义，综合起来，使你判断它是电话。可是，如果把这些因素都割裂开来，颜色是颜色，形状是形状，你就没办法判断这是电话。本来你和那个东西形成的关系是你和电话之间形成的关系，而不是单独和颜色、形状之间的关系。

> 有一次，为了满足正在研究迷幻药效应的医生朋友们，我答应做他们的实验品，喝下了掺有微量仅一毫克迷幻药的水。那一次，客观的物体、颜色、光线，也都不再有任何可辨识的意义。那些物体是它们自己本身，浸浴在明亮而骇人的辽阔寂静中。那一刻，你对物体不再关心，无需像阿米巴变形虫那样用你的身体笼罩一切。物体变得纯洁无邪，因为你把自己从中抽离了；一次崭新的经验，就像人第一次看到大峡谷、草原、海洋。一个充满了随着你呼吸的韵律而跳动的光线和鲜活色彩的洁净无瑕的世界，你变成一切物体，与它们不再有所区别，你就是那朵令人晕眩地高挂在空中的白云，蓝天也是你，还有那窗台上天竺葵的红、叶子和窗帘布纤细的双股纬线。那个在你前方的小板凳是什么？你再也无法给那些在空气中如波浪般起伏振动的线条、实体和图样一个名字，但没有关系，你这样也很快乐。赫胥黎在《知觉之门》（*The Doors of Perception*）书中，耸人听闻地描写了这种由迷幻药引发的意识状态：符旨的符号体系失去了意义，物体因为没有根据，没有存不存在的问题而令人放心。这是至福极乐。

在迷幻药的作用下，你和世界的日常的理性的联系都没有了，这个世界里你所看到的东西都变成了它们本身，你想到的一个东西不再是它的功能、它的用处、它和你之间的关系、它的意义，因为失去了这些东西，它们本身获得了极大的解放。就像费里尼描述的，物体变成了物体本身，物体不再是日常人为的加给它的东西，所以这个时候你的感觉是非常放松的，甚至到了“至福极乐”的状态。

这个就有点儿类似于极端的语言实验，语言的所指被减少到极点，只剩下能指，只是一堆漂亮的词语，念出来是一堆漂亮的声音的组合。这样的小说引起年轻人的兴趣，就是这样一个效果，不恰当的比喻，类似于吸毒的效果。虽然以前看到过草原峡谷或者河流，但是，你从来没有这样看到过草原峡谷或者河流。好像你是第一次看到，语言原来是这样的，语言原来可以不指涉任何东西，它本身就可以构成一个很美的流动的语言过程。

但是，这个只是在迷幻药作用下的第一个阶段，接下来，费里尼说：

> 但是突然被排除在概念的记忆之外，让你掉入无法承受的焦虑之深渊里；那前一刻的狂喜转瞬变成地狱。怪异的形体既无意义也没有目的。那讨人厌的云，那教人难以忍受的蓝天，那活生生的令人作呕的双股纬线，那你不知道是什么东西的小板凳，把你掐死在无尽的恐惧中。（《我是说谎者：费里尼的笔记》）

他突然看到空气中的云彩、线条不再是日常在清醒的状态下看到的，那些东西特别好、特别纯洁、特别是它们自身，它们没有意义，没有作用，就是那么自在地待在那儿，可是时间一长，就觉得没有意义、没有目的、它们之间没有任何联系、和你也没有联系的这些东西，其实是很让人焦虑的，你没法适应这样一个世界。你不知道这些东西是什么，除了只是一些纯粹的线条、声响。他描述说，这样一个“至福极乐”的状态会在某一个瞬间转变成一个你难以忍受的状态，唤起你无尽的焦虑，天堂一下子会变成地狱。可能吸毒到最后都有这样一个阶段。

如果语言没有所指了，它只变成了能指，看起来语言是变成了语言本身了，它不再一定要表达什么东西，它好像获得了它自己的自由、解放、幸福。但是，这样时间一长，你会产生怀疑，什么是语言本身？语言本身难道就是它没有所指？以往，我们把语言完全工具化，不承认它本身的特性；那么，现在把它所有的所指的成分去掉，这就变成语言本身了？一个人说话、写文章，正常的意义是既有语言的能指的部分，它也同时具有语言的所指的功能。否则的话就是梦话，就是一串没有任何现实意义的东西。这个严格说起来，就不是语言。语言本来就是由这两部分构成的。任何人为地去掉一部分，或者减弱一部分功能，加大另一部分功能，它所能带来的幸福、自由的感觉也是短暂的。过了最初的兴奋期之后，你会觉得这个东西无法认识。

二〇〇一年十二月

书 简 与
照 耀 内 心 的 光

《枕草子》和《徒然草》

人能够读到一部好作品不容易，特别是像清少纳言的《枕草子》和吉田兼好的《徒然草》，这样随意记下来的东西，写的时候并不怎么打算给别人看的，而年代久远，流传不绝，实在是有幸读到人的福分。不谙日文的中国读者要体会它们的好，还要依赖好的翻译，而特别好的翻译，恐怕也是可遇不可求的。把翻译当成“胜业”的周作人晚年译出了《枕草子》，王以铸几十年时作时辍译出了《徒然草》，这都不是可以等闲视之的小事。

上面不自觉用了好几个“好”字，想起小时候写作文，用到“好”的地方，老师就批评说，怎么个“好”法？不具体。越往后越知道，很多的“好”没法具体。就说《枕草子》卷一第一段讲“四时的情趣”，也是说春天是破晓的时候最好，夏天是夜里最好，秋天是傍晚最好。怎么“好”？作者也只是简单描述之后说，“这是很有意思的”，或者，“不消说也都是特别有意思的”。怎么个“有意思”？作者觉得是不必多说的。抄录这一段最后一节，看看能不能体会《枕草子》的好和周作人翻译的好：“冬天是早晨最好。在下了雪的时候可以不必说了，有时只是雪白地下了霜，或者就是没有霜雪但也觉得很冷的天气，赶快生起火来，拿了炭到处分送，很有点冬天的模样。但是到了中午暖了起来，寒气减退了，所有地炉以及火盆里的火，都因为没有人管了，以至容易变成白色的灰，这是不大好看的。”

《枕草子》和《徒然草》这两部各自独立译出的作品，合为一册由人民文学出版社出版，取名为《日本古代随笔选》。书名看上去朴素，实际却是大而无当，很不妥的。为什么不直接写两部作品的名字呢？还有，封面上也没有译者的名字，不管出于何种考虑，也是很不妥的吧。版权页写“1988 年 9 月北京第一版，1998 年 6 月北京第 1 次印刷”也是莫名其妙，至于印数，我想最好是标明累计印数，而不只是标明这一次的印数。这几年的书，版次和印数各个出版社有各自的写法，你要是把它视为“数据”、“资料”什么的，可要当心。清少纳言也有一段写“扫兴的事”，读好作品、好翻译，也会碰到这样的事。

一九九九年七月二十七日

《世纪的孩子》

乔治·桑和缪塞的爱情故事，早就和法国十九世纪浪漫主义混成了一体，分不开了。这不仅因为他们都是浪漫主义文学的重要作家，也不仅因为他们的生活与行为本身就是浪漫运动的有机部分，而且因为，这一场爱情给他们各自都带来了改变，这一改变直接影响到各自的创作，也就影响到了浪漫主义的文学。

科里斯（Diane Kurys）的电影《世纪的孩子》（Children of the Century）（一般应该译成《世纪儿》，缪塞著有《一个世纪儿的忏悔》，女主人公很大程度上是乔治·桑的理想画像；电影中文名译为《史诗情人》，似乎不通）再现这一著名爱情事件，由大牌明星朱丽叶·毕诺什（Juliette Binoche）和贝诺特·马吉梅尔（Benoit Magimel）主演，可谓“豪华”。本来，以真实的历史人物和事件为基础来进行艺术创作，不论是表演还是导演，都不容易掌握好分寸，既无违于事实，又能充分发挥出艺术创造的激情和才能。就此而言，这部电影已经做得非常出色。乔治·桑丰盈、母性的气质和健康、宽广的心灵，缪塞脆弱、狂热和反复无常的诗人性格，以及两个人共同的对社会的高傲和叛逆，都得到了非常鲜活深入的表现。

但还是有些遗憾。遗憾的是电影的后半部分，两个人威尼斯之行分手，出现了一次又一次的纠缠不休的情景，给人的印象是，缪塞因为这场爱情而垮了下来。影片里缪塞的母亲当面指责乔治·桑，说她儿子自和她认识以后就毁了，什么东西也写不出来。观众当然不愿意赞同缪塞母亲的指责，可是电影并没有提供反驳的有力证据，相反倒是很快就看到了缪塞的坟墓，乔治·桑来凭吊，然后离开，电影就在乔治·桑离开的背影里结束了。

在乔治·桑和缪塞的关系中，有一些不同寻常的东西。一个男性天才，他的艺术生涯走完了一个阶段，却仍然还是个被宠坏的青年；另一个呢，具有富饶创造才能的伟大女性，艺术上却还嫌生涩粗糙。这时候，他们相遇了，一个二十二岁，一个二十八岁。勃兰兑斯在伟大的《十九世纪文学主流》里这样叙述道："现在是在现代文明中破天荒第一次，男性的文学创造心灵和女性的文学创造心灵发生了接触——每一个心灵都发展到了最高尚、最优美的境地。从来没有这么大规模的试验（不久以后，罗勃特·勃朗宁和伊丽莎白·勃朗宁又以近似的方式在英国重复了一次这种试验）。这些人是艺术天国里的亚当和夏娃。他们相遇了，共享了知识之树的果实。接着而来的是诅咒——也就是争吵；于是他走他的路，她也走她的路。但他们已不再是从前的老样子。他们现在产生的作品比起他们相遇以前产生的作品迥然不同了。"

按照勃兰兑斯的判断，分道扬镳之后，两个艺术家都完全成熟了。缪塞一系列不同凡响的作品，是在他和乔治·桑决裂以后的六年期间问世的；而乔治·桑呢，她一生的成就，也得多少归功于这场爱情。

二〇〇四年三月四日

请别射击钢琴师

奥斯卡·王尔德是一个细心而刻苦的工作者，爱德华·纽顿说："他像艺术家对待色彩那样斟词酌句，反复推敲……但王尔德喜欢无所事事。"纽顿讲了一个故事：王尔德在一个乡村别墅度周末，借口工作需要，离开其他宾客。晚上用餐时，女主人问他上午做了些什么，他说："我在我的一首诗里加上一个逗号。"夫人又惊喜又感兴趣地问起下午的工作是否使他同样筋疲力尽，王尔德厌烦地以手遮眉，道："这个下午我又把逗号去掉了。"

王尔德是有意识地实践一种"无所事事"的艺术家生活方式的，在小说《道连·葛雷的画像》里，"无所事事"与"多情"联结起来，他写道："多情是无所事事者的特权。"

博尔赫斯对王尔德作过这样一个有趣的评价："一般说来，作家们都期望自己所说的话具有深度。然而，王尔德虽是一个具有深度的人，却企图表现得肤浅一些。"

加上一个逗号又去掉它共计费时一天，不妨当作笑谈；但我们对王尔德这样的话还是应该认真的："要是罗密欧和朱丽叶总为乘火车而担心，或是为返程票而烦恼，莎士比亚就不可能写出那几幕如此富有诗意、哀婉动人的戏了。”这是王尔德一八八二年赴美国巡回演讲时，针对几乎每个美国人都在急着赶火车的情形而发的感慨，他说：“这种情形对诗歌和浪漫爱情是不利的。”

偏偏王尔德在美国的火车上碰见了诗歌，准确一点说，是碰上了一些出没于车厢中兜售各种杂物的男孩同时在兜售他的诗集。他的诗被印在糟糕的纸上。王尔德竟然把小贩们叫来，告诉说诗人喜欢出名，却也想拿到钱，出售他的诗集而不分他一份利润，是对文学的打击。小贩们不知道他说了些什么，也管不了那么多。

在世上最野蛮的城市里德维尔，王尔德更长了一份与艺术有关的见识。他朗读本维路托·切利尼的自传给那里的矿工听，他们很欣赏，责备他为什么不和这个人一起来。王尔德解释说这个人死了，马上有人发问：“是谁打死他的？”后来他们一块儿去舞厅，王尔德看见钢琴上面写了一条告示：“请别射击钢琴师。他竭尽所能了。”

那里钢琴师的死亡率真是高得惊人。王尔德说，这是他所见过的唯一合理的艺术批评方法。

一九九六年六月十二日

书简与照耀内心的光

冯至在《给一个青年诗人的十封信》（三联书店，一九九四年第一版）的译序中说："里尔克除却他诗人的天职外，还是一个永不疲倦的书简家。"这句话让我感触很深。里尔克一九二六年年底去世，冯至说这句话是在一九三七年，而我想，在现在，做一个诗人是无比的艰难，比这更难的，是做一个永不疲倦的书简家。自然这似乎不太好比，但我想，当今之世，永不疲倦的书简家绝不会比诗人更多。

强调这一点有什么意义吗？我意识到它是一个象征，象征着一个时代、一个时代的人心、一个时代的人与人之间的关系缺乏了什么。从另外一个角度看，我个人所认为的"缺乏"却可能正是时代所不需要的东西。没有不需要的东西，不会有特别的感觉，不会感到"缺乏"。实际上还可能不止一个时代，还很可能就是往后所有的时代，我担心永不疲倦的书简家会随着时代的"进步"而绝种。

以后谁是书简家里尔克？以后谁是那个幸运的年轻收信人？

十天前我又苦恼又疲倦地离开了巴黎，到了一处广大的北方的平原，它的旷远、寂静与天空本应使我恢复健康。可是我却走入一个雨的季节，直到今天在风势不定的田野上才闪透出光来；于是我就用这第一瞬的光明来问候你，亲爱的先生。

里尔克的信就是向那个青年诗人闪透出来的光；今天我们读到它，它也是向我们闪透出来的光，穿过几乎是一个世纪的时间，照耀在有心承受者的身上。

必须是有心承受者。因为里尔克这十封信所讲，源于人的内心，向着人的内心，其内容，也正是关于人的内心。

里尔克强调："'走向内心'，长时期不遇一人——这我们必须能够做到。"我们最需要的只是居于"广大的内心的寂寞"。这是一种什么样的寂寞呢？儿童看见成人们来来往往，匆匆忙忙，好像总是做一些了不得的大事情，可是他们到底做的什么，儿童并不懂。我们所需要的寂寞就是"这样的儿童的寂寞"。"如果一天我们洞察到他们的事务是贫乏的，他们的职业是枯僵的，跟生命没有关联，那么我们为什么不从自己世界的深处，从自己寂寞的广处，和儿童一样把它们当作一种生疏的事去观看呢？"我们不需要把一个儿童聪明的"不解"抛开，因为"成人们是无所谓的，他们的尊严没有价值"。

艺术家当然并非是拒绝成长的儿童，对外界俗务的摈弃，是为了内心的生长，这样，"你的个性将渐渐固定，你的寂寞将渐渐扩大，成为一所朦胧的住室，别人的喧扰只远远地从旁边走过”。一切都是时至才能产生，所以艺术家不计算时间，因为年月无效；他“不算，不数；像树木似的成熟”，“让每个印象与一种情感的萌芽在自身里、在暗中、在不能言说、不知不觉、个人理解所不能达到的地方完成”。

我们每个人都应该向“个人理解所不能达到的地方”敞开，人不应为自己的有知而自负，而应时时怀着无知的谦卑。里尔克在给青年诗人的第一封信里，开宗明义道：“一切事物都不是像人们要我们相信的那样可理解而又说得出的；大多数的事件是不可言传的，它们完全在一个语言从未达到过的空间；可是比一切更不可言传的是艺术品，它们是神秘的生存，它们的生命在我们无常的生命之外赓续着。”

但事实是，人对于超出自己理解界限的未知之域的态度大可检讨。视人类理解能力之外若无物，是愚蠢；对未知之域恐惧至于远而避之，是怯懦。而里尔克坚决地说道：“我们必须尽量广阔地承受我们的生存；一切，甚至闻所未闻的事物，都可能在里边存在。根本那是我们被要求的唯一的勇气……就因为许多人在这意义中是怯懦的，所以使生活受了无限的损伤；人们称作‘奇象’的那些体验、所谓‘幽灵世界’、死，以及一切同我们相关联的事物，它们都被我们日常的防御挤出生活之外，甚至我们能够接受它们的感官都枯萎了。关于‘神’，简直就不能谈论了。但是对于不可解事物的恐惧，不仅使个人的生存更为贫乏，并且人与人的关系也因之受到限制，正如从有无限可能性的河床里捞出来，放在一块荒芜不毛的岸上。

因为这不仅是一种惰性，使人间的关系极为单调而陈腐地把旧事一再重演，而且是对于任何一种不能预测、不堪胜任的新的生活的畏缩。”

向新的、陌生的事物敞开，即等于让我们的“未来”潜入我们的生命。我们必须有这样的时刻：让平素所信任的、所习惯的，都暂时离开我们，让新事物走进心房，“更好地保护它，它也就更多地成为我们自己的命运；将来有一天它‘发生’了（就是说：它从我们的生命里出来向着别人走进），我们将在最内心的地方感到我们同它亲切而接近。并且这是必要的。”

《给一个青年诗人的十封信》写于一九〇三、一九〇四、一九〇八年，我现在抄着里尔克的话，看看四周。译者冯至评说凡·高叫作《春》的一幅画，说到画中的那棵树，说它“四周是一个穷乏的世界”。好罢，还是让我们回到里尔克，听他说。我已经太饶舌了，幸运的收信人警告道：“一个伟大的人、旷百世而一遇的人说话的地方，小人物必须沉默。”

一九九四年十月十四日

收信人

一九九四年，我去武汉采访，在全国书市上买到这册小书：里尔克的《给一个青年诗人的十封信》。当时就读了一遍。后来忍不住写了一篇《书简与照耀内心的光》记下自己深刻的感动。过了几年，我把这本小书当作自己最珍爱的东西送给朋友，现在，它在哪里，已经无从问起和牵念。

我在武汉住的地方离江边不远，散步过去，骇然看到一具尸体，脸朝下卧着，苍蝇集聚。显然是被江水冲刷上来的。偶尔有人走过，不经意地看上一两眼。离尸体二三十米远低矮的杂草丛里，有一对男女，兀自亲热。阳光很好地照下来，照在这一切之上，照在我刚刚读过的里尔克之上。我感到强烈的迷乱。

二〇〇一年十月的一天，在复旦附近一家小书店二楼的架子上，我发现了三本《给一个青年诗人的十封信》，就都买了下来。学期快要结束的时候，我在课堂上专门讲了一次这本小书。

我的学生们，正是冯至七十年前在译者序里说到的那样的青年人，“人们爱把青春比作春，这比喻是正确的。可是彼此的相似点与其说是青年人的晴朗有如春阳的明丽，倒不如从另一方面看，青年人的愁苦、青年人的生长，更像那在阴云暗淡的风里、雨里、寒里演变着的春。因为后者比前者更漫长、沉重而更有意义。我时常在任何一个青年的面前，便联想起荷兰画家凡·高（Van Gogh）一幅题作《春》的画：那幅画背景是几所矮小、狭窄的房屋，中央立着一棵桃树或杏树，杈桠的枝干上寂寞地开着几朵粉红色的花。我想，这棵树是经过了长期的风雨，如今还在忍受着春寒，四周是一个穷乏的世界，在枝干内却流动着生命的汁浆。"

青春面临着种种问题和困难，渴求帮助。可是里尔克却说，没有任何一个人能帮助你，你要独自去承担、去成就。他说："你是这样年轻，一切都在开始，亲爱的先生，我要尽我的所能请求你，对于你心里的一切疑难要多多忍耐，要去爱这些'问题的本身'，像是爱一间闭锁了的房屋，或是一本用别种文字写成的书。现在你不要去追求那些你还不能得到的答案，因为你还不能在生活里体验到它们。一切都要亲身生活。现在你就在这些问题里生活吧。或者，不大注意，渐渐会有那遥远的一天，你生活到了能解答这些问题的境地。"

一般的人用因袭的帮助去轻易"解决"问题，可是里尔克教我们"必须认定艰难"："我们必须委身于艰难却是一件永不会丢开我们的信念。寂寞地生存是好的，因为寂寞是艰难的；只要是艰难的事，就使我们更有理由为它工作。"

譬如，"爱"："爱，很好：因为爱是艰难的。以人去爱人：这也许是给予我们的最艰难、最重大的事"，所以要"去学习爱"，"去成熟"，"去完成一个世界，是为了另一个人完成一个自己的世界"。

“性”呢？“‘性’，是很难的。可是我们分内的事都很难；其实一切严肃的事都是艰难的，而一切又都是严肃的。如果你认识了这一层，并且肯这样从你自身、从你的禀性、从你的经验、你的童年、你的生命力出发，得到一种完全自己的（不是被因袭和习俗所影响的）对于‘性’的关系：那么你就不要怕你有所迷惑，或是玷污了你最好的所有。”

“身体的快感是一种官感的体验，与净洁的观赏或是一个甜美的果实放在我们舌上的净洁的感觉没有什么不同；它是我们所应得的丰富而无穷的经验，是一种对于世界的领悟，是一切领悟的丰富与光华。我们感受身体的快感并不是坏事；所不好的是：几乎一切人都错用了、浪费了这种经验，把它放在生命疲倦的地方当作刺激，当作疏散，而不当作向着顶点的聚精会神。”

如冯至所言，里尔克“论到诗和艺术，论到两性的爱，严肃和冷嘲，悲哀和怀疑，论到生活和职业的艰难——这都是青年人心理时常起伏的问题”。多年前，我第一次读里尔克的这些信时，疑惑着是否可以把自己当成幸运的收信人；多年后读这些信给学生听，心里确实把他们当成了会从这些信中获益的收信人。一九三一年的春天，冯至读到这些信，禁不住翻译出来，为的是寄给远方不懂德文的朋友。一九三八年商务印书馆出版了中译本，四十年代译者曾听说，有一位中学的教员把它当作教材讲授。我手中的这册书是三联书店一九九四年重印的，不知道它引起了多少人内心的感念。

二〇〇二年二月四日，在老家。

空气和天空的变化

一九二六年四月，欧洲三位著名诗人里尔克、帕斯捷尔纳克和茨维塔耶娃之间，开始了一段非同寻常的通信史，直至一九二六年年底里尔克辞世，共留下书简五十余封。半个世纪过去了，时间在他们和当代人之间划开了一条巨大的鸿沟；本来，上帝就已经使诗人和凡夫俗子以难以通约的生命形式存在了。于是，处在今天的境况中，我们发现，我们几乎全然不可能用他们的话语方式表达自己；就是当今的诗人，也几乎全然不可能重现前辈诗人的激情、纯净，甚至不可能像他们那样去做“一个幸福、透明、无边的梦”，然后，“毫不困难地转化为梦醒”（四月二十日帕斯捷尔纳克致茨维塔耶娃）。

把三位大诗人联结在一起的爱与诗，本质上是同一种东西，是一种近乎神性的存在，不能够向现实转化。它就像帕斯捷尔纳克眼中的茨维塔耶娃。“你绝对地美。你是梦中的茨维塔耶娃，你是墙壁、地板和天花板的存在类推中的茨维塔耶娃，亦即空气和时间的类人体中的茨维塔耶娃，你就是语言，这种语言出现在诗人终生追求而不指望得到回答的地方。你是广大爱慕者奉若神明的原野上的大诗人，你就是最高的自发人性，你不在人群中，或是不在人类的用词法（‘自发性’）中，你自在而立。”（四月二十日帕斯捷尔纳克致茨维塔耶娃）它也像茨维塔耶娃心中的里尔克，他是诗本身，是“诗从中诞生的人”，在里尔克之后如果还有诗人，那就应当是“再次诞生”的里尔克，茨维塔耶娃爱他，是把他“当作一个纯人的（神的）现象来接受”，她追求的爱，是“无手之抚，无唇之吻”；正像她爱帕斯捷尔纳克，如同人们只爱“从未谋面或从未有过的人”（五月九日茨维塔耶娃致里尔克）一般。这样的爱只能以神性的诗的形式存在，无法坐实于万丈红尘的俗世。这同时也是诗人的存在形式，茨维塔耶娃在她和帕斯捷尔纳克共同敬爱的里尔克那里看到了诗人存在的完美显现：那是一道光，“在梦中，在梦的空气中，在梦的混乱和迫切中”（一九二七年一月一日茨维塔耶娃致帕斯捷尔纳克）的一道光。

帕斯捷尔纳克对茨维塔耶娃谈道（四月二十日信）：“我忍不住要给你写信，却又想出去看一看，当一个诗人刚刚呼唤过另一个诗人时，空气和天空会有什么变化。”也许，空气和天空的变化只有纯粹的诗心和爱心才能感觉到，诗心与爱心撼动了空气和天空而且自身受到震撼。同时，也未尝不可以用里尔克为茨维塔耶娃写的《哀歌》诠释三诗人之间的一切——

> 诸神起先欺骗地把我们引向异性，像两个一半组成整体。

但每个人都要自我扩展，如一弯细月充盈为圆圆玉盘。
只有一条划定的路，穿过永不睡眠的旷野，
通向生存的饱满。

一九九二年二月

“不可能，花儿摆得那么美……”

我的那本《安魂曲》找不到了。理智上已经接受了这一事实，可时不时还是会去翻找。曾经在报纸上看到过香港的马海甸先生开列的一份书单，那是他收藏的各种文字的安娜·阿赫玛托娃的作品以及关于阿赫玛托娃的著作，真正是琳琅满目。我徒生羡慕而已。我想，很多年以前，我们中国人认真学习过日丹诺夫的下流话，这位文艺官僚公开辱骂阿赫玛托娃一半是修女，一半是荡妇，很多年以后的现在，即使只是出于负疚的需要，也该出一套完整的汉译阿赫玛托娃诗集、出本像样的阿赫玛托娃传记吧？这当然是瞎想，我们是不会为这样的事负疚的。在苏联，对阿赫玛托娃的侮辱——也就是我们中国人熟悉的“批判”——是写进决议的 而且这决议还进了教学大纲，成为青少年教育的最生动的内容。我们只不过是跟着学习了一下而已。

这两年我读过次数最多的文章是约瑟夫·布罗茨基的《哀泣的缪斯》。想想也觉得有点不可思议，很多年都没有把一篇文章翻来覆去地读。我似乎想从中找出它所包含的所有关于阿赫玛托娃的信息。

这个十七岁的姑娘所起的笔名，它的俄文拼法为 AHHa AxMaToBa，五个开口的 A 具有一种催眠般的效果，它们将这个名字的承载者牢牢固定在俄国字母表的最前面。布罗茨基在一九八七年的诺贝尔文学奖受奖演说中两次提到这个名字，他不仅从她的诗中，而且在实际的生活和命运中从这位前辈诗人受惠。而她的命运，仿佛就是以惊人的美貌承受第一个诗人丈夫被秘密警察处决，另一个艺术史家丈夫死于狱中，儿子被监禁十八年，自己被排斥四十年。被剥夺的生活使她成了“哀泣的缪斯”，一个沉醉于写爱情诗的女人最终成了写出很多悼亡诗的寡妇和无助的母亲。布罗茨基说，与逝者的交谈，是防止话语滑入号嗰的唯一途径。阿赫玛托娃的悼亡诗大多并不是用笔记录下来的，而是记录在诗人和她的几个朋友的记忆中，每隔一段时间，她便要见一见其中的几个人，请他或她轻声背诵这组或那组诗，“作为她清点资产的方式”——“在历史的特定阶段上，只有诗歌可以诉诸现实，将现实浓缩为某种可以触摸得到的东西，某种若非如此便难以为心灵所保持的东西。正是在这一意义上，整个民族举起了阿赫玛托娃这一笔名。”

但阿赫玛托娃即使不作为一个诗人，只作为一个普通人，她也是最优秀的。这是以赛亚·伯林的看法。一九四五年十一月在列宁格勒阿赫玛托娃家，前来拜访的伯林和她一夜长谈，语言交融欢洽，因为怕破坏当时的情境和气氛，这中间伯林甚至没敢去洗手间，只是抽得小雪茄的烟头在昏暗中一闪一闪。天大亮后，伯林返回旅馆，一头栽到床上，嘴里嘟囔道：“我恋爱了，我恋爱了。”更重要的是，阿赫玛托娃帮助他发现和发出了他自己的声音——一个自由的捍卫者的声音，正是这一点，使他成为本世纪重要的思想家。

阿赫玛托娃还只有二十一二岁的时候，一九一〇年或者一九一一年，在巴黎，有一天，去看她的朋友，意大利穷画家莫迪利阿尼，他不在家。“我决心等他一会儿，我手中有一捧红色的玫瑰花。画室的大门锁着，门上那扇窗户却开着。我闲得无事可做，便把鲜花一枝枝抛进画室。没有等到莫迪利阿尼归来，我便走了。”“当我们见面时，他表示万分惊讶：房间上着锁，钥匙还在他那里，我竟怎样进了他的屋。我把经过说了一遍。‘不可能，花儿摆得那么美……’”

一九九九年四月十六日

[附记]

这篇短文写成不久，看到从英文翻译的《阿赫玛托娃传》，阿曼达·海特著，东方出版中心一九九九年版；《阿赫玛托娃诗文集》，马海甸、徐振亚译，安徽文艺出版社一九九九年版。之后，又有《安·阿赫玛托娃传》，阿·帕普洛夫斯基著，四川人民出版社二〇〇〇年版；三厚册的《阿赫玛托娃札记》，丘科芙斯基卡娅著，华夏出版社二〇〇一年版；再后来，到二〇〇六年，汪剑钊写的《阿赫玛托娃传》由新世界出版社出版。

俄国之恋

——以赛亚·伯林与安娜·阿赫玛托娃

以赛亚·伯林（Isaiah Berlin）一九九七年十一月去世后，中国知识界的反应可谓相当引人瞩目，当月的《南方周末》以整版的篇幅发表介绍文章之后，《万象译事》（辽宁教育版）、《公共论丛》（北京三联版）、《书城》（上海三联版）等多种出版物相继刊登专辑或系列文章，对一位思想家的纪念有意无意间与九十年代后期中国社会文化思想的讨论参差辉映。另一方面，这些反应也应该看作欧美不大不小、温和持续的“伯林热”的回响。去年年末，迈克尔·伊格纳狄耶夫（Michael Ignatieff）出版了《伯林传》（*Isaiah Berlin*：*A Life*），传主又成为一时的话题。这部传记的一章曾以《初恋》（First Loves）为题载于一九九八年九月二十八日出版的《纽约客》上，述写伯林和安娜·阿赫玛托娃之间的交往，精彩描绘两人的一夜长谈——伯林成为本世纪最重要的自由的捍卫者，也许可以在与俄罗斯女诗人的彻夜长谈中找到部分的因由。

一

一九四五年九月，三十六岁的牛津大学教师伯林飞往莫斯科，这是他第一次返回故土。伯林始终认为，重返俄国是他一生中最重要的转折点。他出生在里加，是一个犹太木材商的儿子，十月革命期间住在彼得格勒，十一岁随全家移居英国时，还能说一口沙皇时代的俄语。虽然他早就渴望返回故国，却一直忧惧忡忡。他是以华盛顿英国大使馆工作人员的身份来到苏联的，目的是准备一份战后美—苏—英三国关系的公文快稿，但他却担心苏联会扣留他，再也不让他出去。他对朋友说，如果真发生了这样的事，他就开枪自杀。

到达莫斯科的第一天晚上，他在英国使馆因事举行的晚宴上见到了几个尚且保有人身自由的苏联文化界精英，这些人惊讶地发现，与他们谈话的这位英国官员，不仅说的是流利的俄语，就连他的思维方式，也是地地道道俄罗斯式的。在这些人当中，有著名电影导演爱森斯坦，他不久前因为《恐怖的伊凡》的第二部而遭受斯大林的训斥，斯大林认为这一部分是在影射他本人的统治。爱森斯坦看起来神情紧张，心烦意乱。伯林问他什么时候最快乐，他回答说是二十年代早期，艺术实验还被允许的时候。他无限怀念地回忆起在莫斯科剧院的一个晚上，一群涂抹了油脂的猪被放到观众中去的情景。可是二十年代所有的艺术实验都走到了尽头，因为时势已经发生了巨大的变化。

一九一七年，伯林还不到八岁，在彼得格勒他家的窗口，目睹了反对沙皇的示威游行。等大街上显得安全了，家庭女教师带他出来散步，突然涌出一群人，拖拉着一个惊恐的警察呼啸而过，伯林看见那个警察脸色惨白，无望地挣扎着。显然他难逃一命。

伯林的整个知识分子生涯，其实都可以看作对苏维埃政治实验和俄国革命后果的清算。三十年代，当他的牛津同龄人陶醉于革命的马克思主义的时候，对这一童年情景的记忆却增强了他内心对暴力革命的恐惧和对政治实验的怀疑。

而一九四五年，在莫斯科的第一个夜晚，伯林就感受到了阴郁、耻辱和恐惧的气氛弥漫在那些幸存者中间。他们从斯大林一九三七年针对知识界的大灭绝中苟活下来。因为战争，灭绝的步伐减慢了，现在战争结束，这些幸存者似乎在试探水温——他们竟敢接受了一个外国使馆的邀请。然而出席那次晚宴的人没有一个知道，即将来临的岁月是会变得好一些呢，还是恐怖回头。

伯林在莫斯科的活动受到了跟踪监视，但他有一两次在芭蕾舞表演幕间休息时避开了秘密警察，去看望他的叔叔列奥。他的叔叔是位营养学教授，温和有趣，绝口不谈政治。可是当伯林说一个大学教授的生活不应该这样坏时，列奥开口问道："你去过佛罗伦萨吗？你去过威尼斯吗?"伯林点点头，列奥则以辛辣的口吻说道："我们也想去那里。"

二

九月末一个阳光明媚的下午，伯林乘一段短途火车，来到帕斯捷尔纳克的别墅。帕斯捷尔纳克住在牛津的妹妹托伯林捎来一双靴子。当时五十五岁的诗人脸色黝黑、忧郁、富于表情，他打量着这位外国来访者，显得冷淡而疏远。帕斯捷尔纳克目睹了他大多数的朋友不是被处决就是被送进劳改营，他自己名气太大，还没有动他，可是也已处境不妙，不得不违心行事，委曲求生。一九三六年，党的一些高级领导人受到审判，苏联作家协会呼吁砍掉他们的头颅，十六名作家在请愿书上签名，帕斯捷尔纳克是其中之一，请愿书的标题是："把他们从地球上消灭掉!"可是伯林对此一无所知，对他来说，帕斯捷尔纳克是专制统治下未被压垮的艺术精英，他是作为一个英雄崇拜者来此乡间别墅的。

也许是那一口流利的旧式俄语赢得了帕斯捷尔纳克的好感，帕斯捷尔纳克开始讲一些事情。他承认战争使他脱离了知识分子的孤立而融入了爱国的奋斗。他到前线巡回朗诵诗歌，有时会卡壳，想不起其中的某一句，每逢这样的时候就会有士兵补上他遗忘的诗句，感动得他流泪。帕斯捷尔纳克慢慢放松了，气氛逐渐融洽。诗人认为战争对俄罗斯灵魂来说是必要的炼狱，伯林却十分怀疑这一看法。可是无论怎么说，这一点是毋庸置疑的：随着战争的结束，帕斯捷尔纳克走到了他艺术生涯的转折点上。他非常信任地向伯林透露，有一个新的计划：写一部反映他这一代人在革命和战争中的命运的长篇小说。

秋末，伯林又在莫斯科帕斯捷尔纳克的居所拜访了他，诗人向他袒露，他对自己被人目为政权的合作者而内心深受折磨，同时也为自己的犹太人身份而苦恼不堪。他渴望被当成一个真正的爱国者，渴望他的作品能够作为俄国人民的真实心声而被接受。可就因为他是一个犹太人，他的这种渴望永远不可能实现。他担心为了求生而扭曲了自己的才华。这种痛苦留给伯林的印象，仿佛他更愿意自己是一个农夫的儿子，生来是亚麻色的头发和蓝眼睛。

十一年之后，一九五六年七月，伯林再次到帕斯捷尔纳克的别墅，诗人交给他一部手稿，并且说他想在西方出版。伯林请他认真考虑这样做的后果，提醒他这将招致磨难乃至牺牲。帕斯捷尔纳克根本不顾伯林的担心和焦虑，只是请求他帮助出版这部手稿。伯林把手稿带回大使馆，通宵阅读。读完后，他知道，帕斯捷尔纳克已经通过这部作品所凝结的高超的艺术成就和政治反抗，克服了一度的身份危机。这部作品就是长篇小说《日瓦戈医生》。

三

一九四五年十一月，伯林得到苏联国际旅行社的认可，从莫斯科前往列宁格勒——他童年时代的彼得格勒。在一个红头发犹太人开的作家书店，伯林和一个随意浏览的顾客攀谈，谈起来才知道，这人原来是批评家弗拉基米尔·奥罗夫。他告诉伯林，两年半的围困给这座城市造成的灾难是难以想象的，这期间出生的婴儿几乎全死了，他能够活下来还是靠了对知识分子的特殊配给政策。伯林问他这里作家的遭遇。他提到两个人——左琴科和阿赫玛托娃，尽管政权迫使他们沉默无声，却还把他们当成民族的珍宝。一九四一年秋季德军包围城市之后，党的领导人安排这两位作家飞越德国阵线，先到莫斯科，又从那里转往塔什干。一九四四年，他们返回列宁格勒。巧的是，左琴科当时正坐在书店里，看上去苍白、虚弱、瘦削，伯林和他握了握手，却并不想和他交谈。

伯林问阿赫玛托娃是否还活着，奥罗夫回答说："当然还活着。她就住在离这儿不远的地方。你想见见她吗?"伯林听到这话，觉得这简直是在邀请自己去见一个非现实中的神奇人物。奥罗夫打了个电话，告诉伯林说，诗人将在当天下午三点等他们。

那天下午要去见阿赫玛托娃的伯林，忽然意识到自己形貌平平，缺乏吸引力，甚至丑陋难看，而且自己不过是个牛津教师——他总是这样低调地看待自己。其实他在牛津早已以出众的才能赢得了不凡的声誉，他卓越的口才更是令朋友们欣羡不已，谁都想模仿却没有一个模仿得成功。他的声誉还使他进入了女作家弗吉妮亚·伍尔芙的布鲁姆斯伯利（Bloomsbury）的圈子，伍尔芙听他谈话，听得出神入迷。从一九三七年起，伯林的房间就成了一群年轻思想家的聚集地，正是这群人创建了牛津的分析哲学，成为四十年代中期到六十年代英美最有影响的哲学思潮。伯林对逻辑实证主义的创立贡献不少，但他的兴趣却逐渐转向思想史。大战前夕他出版了马克思传，虽然他很不喜欢马克思的思想，却并不妨碍他尝试着去理解一种和他自己完全不同的性格和气质。

在激情参与的时代，伯林却认为自己是一个游离的自由主义者。他发现了赫尔岑的著作，赫尔岑的回忆录是他最喜欢的书，可是他也分明感觉到，自己缺乏赫尔岑那种政治参与的勇气和政治参与的程度。在个人事情方面，他也同样缺少参与精神，而自得自乐于做一名旁观者。他的诗人朋友斯蒂芬·斯班德（Stephen Spender）曾经写道，伯林“相信他自己超然于驱使其他人的激情之外，这强化了他对别人生活的兴趣”。他的另一个朋友萨莉·格雷福斯（Sally Graves），一位追求者甚众的漂亮女性，有一次非常无精打采地对他说：“为什么有的人就是意识不到，人是有欲望的呢？”伯林害怕欲望，然而他却坚持认为自己并不仅仅是个没有血性的旁观者。不过问题是，他什么时候会把自己投入到感情和政治的纷乱之中，而不仅仅满足于观看他人的表现呢？

大战期间他离开牛津前往纽约，为英国情报机构工作。珍珠港事件后，他到华盛顿，为外交部门撰写关于美国政治观点的每周快报，这些公文快稿为他在英国的上层人物中间赢得声名，丘吉尔说它们写得热情洋溢，也许过于生动活泼了点儿，却有不可抗拒的吸引力。在美期间，他和一个叫道格拉斯（Patricia Douglas）的英国贵族姑娘保持着长久的、令人陶醉的感情关系。

伯林早就应该走进现实世界了，但他始终在成年的边界旁徘徊逗留，不论是在感情上还是在理智上，都未能跨出这一步。然而，与阿赫玛托娃的会面改变了这一切。

四

阿赫玛托娃住在一座三层楼房里，位于喷泉街，十八世纪那里是宫殿。她有一个看得见庭院的房间，空荡荡的，连窗帘也没挂，只有一张小桌子，三四把椅子，一只木头箱，一个沙发，火炉上方是一张阿赫玛托娃的画像：她斜靠在长条椅上，低着头。这是她一九一一年去巴黎时她的朋友莫迪利阿尼（Amedeo Modigliani）画的素描，也是她三十四年前欧洲生活的唯一一件纪念物。现在，在这个十一月的下午，她戴着白色披巾，站起来迎接来自那块大陆的第一个访客。以赛亚鞠躬为礼。他后来写道："这是恰如其分的，因为她看起来就像一个悲剧女皇。"

阿赫玛托娃比伯林长二十岁，年轻时风华绝代，而与伯林相见时已结了两次婚，穿着破旧，黑眼睛下有浓重的阴影，却依然仪态高贵，神情沉静尊严。伯林知道她是革命前的诗人圈子阿克梅主义者中杰出、漂亮的人物，还知道彼得格勒战争期间的先锋派在"迷路的狗"酒馆聚会，朗诵她的诗。可是其他的情况，他几乎就一无所知了。

对阿赫玛托娃来说，恐怖不是始于一九三七年，早在一九二一年就如影随形了。那一年她的第一个丈夫、诗人尼古拉·古米廖夫被处决，罪名是参与反对列宁的阴谋活动。一九二五到一九四〇年，她一行诗也不能发表。恐怖封住了周围人的嘴巴，她自己在绝望中写作，三十年代后期至四十年代前期创作的组诗《安魂曲》，铭记了一代人在斯大林镇压之下的磨难。

战时撤往塔什干期间，她获准出版一册《诗选》，并在医院为伤员朗诵。一九四四年五月，允许她返回列宁格勒，途中她在莫斯科停留，做了一次朗诵，结束时观众起立鼓掌欢呼，视她的诗为俄国语言未失光泽、未受玷污的完美化身。斯大林为此事质问苏联文化官僚的头目日丹诺夫：是谁组织他们起立欢呼的？

是什么促使她冒险邀请一个英国官员到家里来的？如同帕斯捷尔纳克，她大概也感觉到战后空气有所缓和，她关在监狱里的儿子也释放出来了。不管怎么说，伯林是来自自由世界的访客，用她自己的话说，他从“镜子的另一面”来。

落座后的谈话显得正式、拘谨，两个人讨论伦敦是怎么度过战争的。正说着话，伯林忽然听到有人在外面喊他的名字。他走到窗口，不禁大吃一惊，竟然是兰道夫·丘吉尔——温斯顿·丘吉尔首相的儿子——站在庭院中。伯林只好向诗人道歉，和奥罗夫一同出来，并把这位苏联批评家介绍给这位大人物的儿子。他心里特别沮丧，清楚地知道这样一来，要想不被注意地和阿赫玛托娃会面是不可能了。果然，很快就有谣言传开来，说那个年轻的丘吉尔要在列宁格勒实行一个援救计划，把阿赫玛托娃转移到英国去。事实是，那个像个大学生似的丘吉尔在此地语言不通，他偶然知道伯林在这座城市，就来找这位旧相识，为他一些鸡毛蒜皮的麻烦事做翻译。几个小时之后，伯林才摆脱了他。

他打电话给阿赫玛托娃道歉。“我九点钟等你。”诗人对他说。他再来的时候碰到一个知识女性在场，她问他一些关于英国大学的问题，而阿赫玛托娃沉默不语。等那个女人告辞，已经半夜了。房间里灯光幽暗，她坐在一个角落里，他在另一个角落。仿佛突然之间，他们就像相知甚深的朋友那样交谈起来。在她眼里，他是两种俄国文化之间的使者，这两种文化一种流亡于外，一种摧残于内，被革命一劈两半。她后来在诗里写道，曾经为她所拥有的欧洲文化，生长出绿色的嫩枝，伸展、盘绕进她的喷泉街之家。

对于移居国外的问题，她的回答是明确的：她绝不离开俄国，她的居住之地就是她的人民和她的母语的居住之地。那个夜晚，她再次肯定了自己对母语的受难诗神的命运的担当。伯林从来没有遇见这样一个自我戏剧化的天才，但他同时意识到她所担当的是实实在在的悲剧命运。

他一直在通过天才来确证自己，与弗吉妮亚·伍尔芙、弗洛伊德、维特根斯坦、凯恩斯的相遇具有重要的意义，他们都看出了他的价值。但是这次与阿赫玛托娃的相遇，比以往与任何人的相遇都更加重要，此时此地，与他交谈的是他母语的最伟大的在世诗人，那情形就好像他一直属于她的圈子，她熟悉的每一个人他都熟悉，她读过的每一本书他都读过，她的每一句话、每一层含义他都懂得。

她跟他讲在黑海岸边——“一块异教的、未受施洗的土地”——度过的童年，讲她对于“一种古代的，半希腊、半野蛮的非俄国文化”的终生亲和。他讲在里加的童年故事，讲他在彼得格勒的岁月，他回忆说，当她已经成为非常有名的诗人的时候，他还是个趴在父亲书房的地板上耽读历险故事的孩子，他那时就崇拜她，能够逐字逐句地背诵她整本的诗集。

不一会儿她就背诵起自己的诗，包括尚未完成的《没有主人公的叙事诗》，伯林后来写道，这首诗是对她诗人生活的怀念和记录，是对彼得格勒这座城市的往昔的怀念和记录。当时听着她背诵，他想不到自己也会被写进这部作品——直到一九六二年，阿赫玛托娃才完成修订。在诗中，他是一个神秘人物，一个“来自未来的客人”。

他们在昏暗的房间里分享她唯一可吃的东西——一盘煮熟的马

铃薯，充满激情地谈论俄国文学。他分享她对普希金的崇敬，也和她一样厌恶契诃夫笔下脏乎乎的世界，但他不能分享她对陀思妥耶夫斯基的热爱，她也不能理解他喜欢屠格涅夫。这不仅仅是趣味的差异，而且标出了他们感情世界的边界。伯林为屠格涅夫的轻快、精微、冷嘲所吸引，而阿赫玛托娃却强烈地认同陀思妥耶夫斯基对黑暗的内心情感状态的深刻揭示。

伯林在诗人身上也发现了轻蔑、挖苦和些微恶意的一面，这应该看成是更富有幽默感和人情味的表现。她就像一个完美无缺的演员，扮演一个女王般的角色，同时又有足够的智慧和这一角色保持间离的状态，偶尔用嘲弄的眼光打量自己和其他人物。她逗人地讲起帕斯捷尔纳克对她周期性发作的迷恋——二十年代，他常跑来看她，唉声叹气地说没有她他就活不下去，最后只好麻烦他妻子来把他带回家。

她告诉他她现在很孤独，还讲起了过去的爱情——和她被处决的丈夫以及那以后一起生活过的男人。他也告诉她自己在恋爱，虽然没提名字，但显然指的是道格拉斯。阿赫玛托娃听着，没有说话。后来关于伯林和阿赫玛托娃有一些色情的传言，应该为此负责任的倒是阿赫玛托娃自己，她为那一夜写了一组诗，读过的人大概很少有谁会相信他们没有上过床。

事实却是他们没有丝毫的接触。他一直待在房间的一边，而她在另一边。两个人之间经验和期待的错位是具有喜剧性的。伯林自己承认，他缺乏对待异性的基本经验，而阿赫玛托娃却是俄罗斯文化中传说式的充满诱惑的女性。从阿赫玛托娃的诗中，可以看出她为他们的会面涂上了一层神秘的、具有历史意义和情色意味的色彩。而伯林却更为普通平凡的需要所苦，他在那里已经待了六个小时，想去洗手间，可是又担心这样会破坏了如此迷人的气氛，所以就没敢动，吸得瑞士小雪茄的烟头一闪一闪。

两个人的谈话来来回回，时前时后，编织成一条纽带把他们以后的日子联结在一起。她说，所有的诗歌和艺术，都是一种精神怀乡的形式，一种对普遍文化的渴望，正像歌德和施莱格尔所构想的那样，自然、爱、死、绝望和殉难变形为艺术和思想，造就一个没有历史、自身之外一无所有的世界。在伯林的经验里，从来没有像与阿赫玛托娃相处的这一夜那样，与艺术的纯粹王国靠得那么近。

外面已经大亮了，他们听到冻结的雨落下来的声音。伯林精疲力竭，他向阿赫玛托娃告别，吻过她的手，走回住处。看看表，已经是上午十一点。一个等他回来的旅伴听到他一头栽到自己房间的床上时说："我恋爱了，我恋爱了。"

五

六个星期后，伯林的莫斯科之行结束，要返回华盛顿。他特意到列宁格勒看望阿赫玛托娃，阿赫玛托娃送给他几本自己的诗集，每一本都有题签，其中一本的题辞出自《没有主人公的叙事诗》，好像很久以前写下的这些诗句，是他们会面的预言："没有人敲我的门，只有镜子梦想着镜子，寂静守护着寂静——阿．一九四六年一月四日。"

在芬兰边境，一个苏联海关人员检查伯林的物品，他看到那几本遭受排斥的诗人题签的诗集，严肃地点点头，让伯林过去了。

伯林离去之后，苏联秘密警察趁阿赫玛托娃外出的机会在她家的天花板上装了窃听器，这也许是他们的家常便饭，甚至连留在地板上的一小堆泥灰也懒得清除。帕斯捷尔纳克从莫斯科告诉她一个不详的传言，说斯大林从日丹诺夫那里听到她与伯林会面，就喊道："现在我们的修女和英国间谍勾结到一块儿了！"阿赫玛托娃对此报以冷笑。

在列宁格勒的克格勃中心，有三大卷阿赫玛托娃的档案。一九九三年，一名前克格勃特务在莫斯科披露，克格勃曾经强迫一名波兰妇女告发阿赫玛托娃，那时她正在翻译阿赫玛托娃的作品。她向克格勃报告说，英国间谍伯林两次来访阿赫玛托娃，并且声称他爱上了她。然而，即使是在告密者的监视之下，阿赫玛托娃依然表现得忧郁、骄傲、无所畏惧。

一九四六年四月，阿赫玛托娃到莫斯科，和帕斯捷尔纳克一起在圆柱大厅举行了诗歌朗诵。七月伯林通过大使馆接到帕斯捷尔纳克的信："阿赫玛托娃在这里的时候，三句话不离——你。太戏剧化，太神秘了！"他举例说，阿赫玛托娃在夜间的出租车上，情不自禁地用法语念叨伯林。"最终，她的朋友们都嫉妒起她对你的依恋，缠着我问：鲍里斯·列昂尼德维奇，请给我们描绘一下伯林，他是谁？长得什么样子？听到我的称赞之后，他们的苦恼就真正开始了。"

一九四六年九月四日，阿赫玛托娃被驱逐出作家协会，她的诗集捣成纸浆。可是她的那些崇拜者们，经常悄悄在她家门口留下一束束的鲜花，有时甚至是装着食物的包裹。

从一九四七年到一九四八年，莫斯科英国大使馆的很多人用各种方式减轻伯林对阿赫玛托娃命运的担心，但到一九四八年四月，朋友们告诫他，苏联对外国的畏惧和敌意越来越强烈，任何与阿赫玛托娃的接触都会使她的处境更加危险。接下来的六年，他没有她的消息。

而在这接下来的岁月里，阿赫玛托娃一九四五年秋天还心存的自由希望破灭了。她的儿子重新被捕，绝望之中，她诌了几句颂诗献给斯大林同志，希望能使她儿子释放。可是这并不成功，斯大林不是那么好糊弄的，他一定读过克格勃的报告，她对他的严厉指责他何尝不知。阿赫玛托娃不屈地迎接命运的打击，她说，如果党不是选择压制她而是用别墅和汽车来收买她的话，她一年之内就会被人遗忘；而人民，是不会忘记那些受难者的。

六

伯林到莫斯科本来是为了撰写苏联外交政策的报告，结果却写的是“一九四五年最后几个月苏联的文学和艺术”，这是第一次历史性地清算斯大林对俄国知识界的镇压，但是伯林坚持认为斯大林并没有成功，俄国文化的精髓仍然存留在一些真正的知识分子身上。一九六二年十二月，伯林应邀在肯尼迪的白宫发表讲演，他向总统先生讲的就是这个问题。讲演结束，总统想知道革命后有哪些知识分子没被压垮、没有屈服，在这个英雄名单的最前面，伯林写的是阿赫玛托娃。

与阿赫玛托娃和帕斯捷尔纳克的会面，使伯林真切感受到为了大众的正义而牺牲个人自由的残酷代价，他带着对苏维埃专制的憎恶离开俄国，此后所写下的任何东西，几乎都与此息息相关。一九五八年十月伯林发表“自由的两种概念”的演讲，那正是《日瓦戈医生》英文本出现的时候，帕斯捷尔纳克赢得了世界性的声誉，同时也正遭受着丧心病狂的迫害，伯林在演讲中没有提及帕斯捷尔纳克的痛苦磨难，可是仍然有不少的听众听出了他对个人自由的捍卫，也正是为这位俄国朋友所做的激情抗辩。

七

一九五六年二月，伯林结婚，七月到莫斯科度蜜月。在莫斯科街头一个付费电话处，伯林给安娜·阿赫玛托娃打电话。她说，他们最好还是不要见面。伯林接着说他结婚了，她以冰冷的沉默接受了这个消息。

一九六五年，他和一位同事共同促成牛津大学授予阿赫玛托娃荣誉学位。她于六月到达牛津，以赛亚看见她，很为她的年老而震惊。她人明显胖了，稍稍有些不够和善，言行举止显出女皇般的气度。她来到伯林的居所前，打量着绝好的草坪、乔治时代的三层小楼和以赛亚的妻子，挖苦道：“现在鸟儿住到金丝笼子里了。”二十年前在他们之间闪耀跳动的火花熄灭了。他只能一本正经地说，得到西方的承认是她应得的荣誉；而她也只能以女王般的高傲对此表示感谢。

此后不到一年，阿赫玛托娃就去世了。然而她仍然萦绕于伯林的内心并时时给他激发。他写得最好的散文《与俄国作家会面》讲述了他和她之间的故事。在他其他的著作中，也能够发现阿赫玛托娃的踪影，尽管很多时候并没有提她的名字。一九五三年，他猛烈抨击所谓的“历史必然性”，愤怒地驳斥个人面对历史变化力量而无能为力的信条。他争辩道，个人能够在历史力量面前站立起来，并且明确地承认，这一点他是从阿赫玛托娃那里学到的。阿赫玛托娃是一个不朽的例证，证明个人不仅仅能够忍受历史，而且能够创造历史。在这一过程中，她帮助伯林发现了他自己的声音——一个自由的捍卫者的声音。

一九九九年三月二日

《菲雅尔塔的春天》

弗拉基米尔·纳博科夫（一八九九——一九七七）的长篇小说，我喜欢《普宁》；后来才读到使他名声大噪的《洛丽塔》，也许是太“美国化”了，或者说是对某种美国精神及其症候的戏仿与反讽亦无不可，总之不觉得特别好。短篇作品中我喜欢《菲雅尔塔的春天》，印象中一直以为是个中篇，翻出来查看了一下，不过两万多汉字译文；重又读了一遍，觉得我的印象原也没有什么错误，甚至可以说这部作品具有一部长篇那样的绵延不绝的艺术力量。

小说写于一九三八年的巴黎，应该算纳博科夫欧洲流亡时期的后期之作。作家没有刻意强调流亡生活的性质，我们甚至可能还没有意识到流亡，就进入到那样一种生活中去了。一个叫尼娜的女人，一次又一次出现在我生活的边缘，十五年里我们不断邂逅，在柏林的客厅，法国的火车站，或者是在比利牛斯山脉旅游时。最后是在菲雅尔塔的春天。无论我发生了什么，她发生了什么，我们之间从未讨论过任何事情，就像我们在我们命运的间隔中从未想过彼此。相遇时，生活所有的原子微粒重新组合，我们于是生活在另一个时间中介中，一场短暂的、看似无足轻重的生活因此而人为地形成。就像永远是在火车站里，一切事物都是颤抖在其他事物的边缘，这就要及时抓住它并珍爱它。漫长的时间之流里，我一直接受着尼娜的生活，那些谎言，那种无聊，那种生活的嘈杂声。若不，我又能对你做什么呢，尼娜，我怎么能丢掉那些悲伤的蓄存呢，它作为我们看似无所谓、其实真的很无望的相聚的结果，已经渐渐堆积了起来。

事实是，每次相遇，都要从上一次谈起，而最初最深的回忆是俄罗斯。那是一九一七年左右，深冬时节的某次晚会后，在白茫茫的野地里，我走在人群的最后，滑了一跤，尼娜转过身来——我吻她的脖颈。直到她抱紧我。尼娜那时已经订了婚。正是因为有了缠绕在私人回忆里的俄罗斯情景，这篇小说才散发出莫可名状的哀伤和沉痛。

纳博科夫在小说中说："就我个人而言，我从不明白空造书籍、撰写那些并未以任何方式真正发生过的事情有何益处……如果我是作家，我就会仅仅允许我的心灵拥有想象力，让其他一切都依赖于记忆，记忆是一个人的个人真实所拖下的长长的落日余影。"

一九九六年六月十三日

托马斯·曼的几篇艺术家小说

水仙花神那喀索斯的故事在一般的理解里是自恋者的画像，在另外一种更积极的意义上，它却代表了极端的自省精神。德国作家托马斯·曼在本世纪头十余年里创作的一系列关于艺术家的小说，大都具有精神自传的性质，它们正是在后一种意义上显示出独特的价值。

真正的艺术家，按照《托尼奥·克勒格尔》的主人公的体认，是命中注定要受到诅咒的，“文学根本不是什么职业，而是一种诅咒”。艺术家明显的标记就是要跟平凡的人对立起来，拒绝庸常的生活，生活同时也就把他排斥在外。“谁在生活，谁就不能写作，只有死气沉沉的人，才能成为一个创作家。”托尼奥一直处在这样极端的二元对立中：他自幼具有艺术禀赋，成为作家，但写作在他看来是一种缓慢而无情的虐待，献身艺术的人生被认为是“死”的，生命却普通又平凡，存在于不需要内在深度的生活中。面对这样的生命，比如他早年爱慕的两个对象，托尼奥自始至终怀着自卑、妒忌的感情，其中还混杂着不屑。生活是一场热热闹闹的舞会，艺术家托尼奥是带着复杂心理躲在阴暗角落里的旁观者，一个习惯于孤独又不安于孤独的沉思冥想的人。

《特里斯坦》里的作家史平奈尔的形象强调了艺术家这样的一面：追求纤尘不染的神圣美，要充当这种美的保护者，以精神和文字做武器向美的永恒死敌——庸俗的生活——复仇。史平奈尔向生活显示了一种异己的、陌生的力量，但嘲讽地，他貌似勇敢的宣战却掩盖了内心深处的逃避，与托尼奥相比，他缺少直面自身、彻底自省的勇气，艺术被当成了在生活中失败与挫折之后逃跑的借口，被当成了栖息之所。

对于美和艺术的追求，对于生活激情的渴望，在曼的经典之作《死于威尼斯》中得到了非常精美、细致的表现。一方面，艺术与生活之间那种如同生与死一般的分裂被一再重复：艺术的信徒到头来“变得吹毛求疵，过分琢磨，疲乏困倦，神经过敏，而纵情声色的人们是不致落到这步田地的”。另一方面，这种对立和分裂却在功成名就的作家古斯塔夫·阿申巴赫生命最后的一段时光中被弥合与统一起来。阿申巴赫被一个陌生人撩起漫游的欲望，停止了正在进行的写作，来到威尼斯。在这个浪漫的城市，他爱上了一个十四五岁的男孩塔齐乌。塔齐乌既满足了阿申巴赫的压抑得几近淡忘的生活欲望，本身又就是美与艺术，秀美的外貌和天使般的纯净可爱，令阿申巴赫觉得“无论在自然界或造型艺术中，他从未见过这样精雕细琢的可喜的艺术作品”。小说中反复把塔齐乌比作精美的艺术品，具有生活与艺术沟通融合的象征意味，艺术家相反方向的心灵追求的紧张度消失了，体验到“合一”的至高无上的快乐。灵性与肉体的交往，产生出极不平凡的时刻，阿申巴赫被塔齐乌的美所唤起的不可抗拒的力量驱使，去写闪耀着爱神光辉的文章。“世人只知道他这篇文章写得漂亮，而不知它的来源及产生作品的条件。”

上面谈及的三篇小说都收入中译本《托马斯·曼中短篇小说集》（上海译文出版社，一九八〇年第一版）。曼艺术家主题的小说还有《殿下》、《菲力斯·克鲁奥》等。《死于威尼斯》完成后第三年，一次世界大战爆发，水仙自照的清水搅混了，炮火与灾难一时转移了抉心自食的作家的视线。但抉心自食的文学方式不可能改变，一九二四年长篇小说《魔山》发表，是一个大证明。它同时证明托马斯·曼一生对歌德的崇奉也正是对一种艺术观念的崇奉，对此歌德是用非常朴素的语言表达的，而曼把它作为座右铭：“如果想要给后世留下点有用的东西，那必须是坦诚的内心的流露，必须把自身放进去，写出自己真实的想法和观点。”

一九九二年夏

在定名之外

接受卡夫卡意味着接受什么？真假研究家和读者制造出来一些名词：疏离、异化、荒诞、俄狄浦斯情结、超现实主义、表现主义，如此等等。卡夫卡被定名，于是我们接受了这些定名，以为接受了卡夫卡。有个定下来的名字，就心安理得了，就免除了面对莫以名状的事物时可怕的焦虑。有名，才好对付，才能掌握，才容易为我所用。于是，我们就给卡夫卡定名。定名自然并非全然没有道理，但一个完整的卡夫卡就给切分成了两半：一半是定名的部分，我们以为我们能够理解，因为我们本来就是用自己理解的名词加在一个未知的事物或人物头上的；另一半，一个作家最独特最宝贵的东西，则游荡于定名之外，在人类视域未及的黑暗地带自由游荡。

卡夫卡的遗稿未被按照他的嘱托焚毁，却在他死后像模像样地整理出版，当年布拉格一个凡是人皆可不理的保险公司的小职员，今天被发现是与我们的时代关系密切的大作家，社会真是大大地进步了，进步到凡是人皆可把卡夫卡挂在嘴边做一己的思想观念、文学见解之装饰的程度，真可谓日新月异，须再三刮目了。但我想，我们是不是可以掉转看社会的眼睛来看卡夫卡呢？既然没被烧掉的作品放在熙熙攘攘的社会中，既然它在逼视我们的眼睛，我们的心灵。

为什么一定要说卡夫卡随手写下的东西，有些像散文，有些像微型小说，有些像诗呢？难道在那些已知的文类如小说、散文、诗等等之外，就不存在写作了吗？难道任何一种写作都是一种类的写作？在已有文类的间隙中写作，或者根本就在乎这种后于写作的界限的自由写作，就一定不允许存在吗？写作，人类精神活动自由的创造活动，也一定要“名正言顺”吗？我们必须再问：接受卡夫卡，意味着接受什么？

想起一位中国现代作家的话，似乎多少可以表达面对卡夫卡的一种情境、一份情绪：

> 或是昏黄的灯光下，放在你面前的是一册杰出的书，你将听见里面各个人物的独语。温柔的独语，悲哀的独语，或者狂暴的独语。黑色的门紧闭着：一个永远期待的灵魂死在门内，一个永远找寻的灵魂死在门外。每一个灵魂是一个世界，没有窗户，而可爱的灵魂都是倔强的独语者。

一九九二年

打开暗室之门

在给爱德华·加尼特的一封信中，D·H·劳伦斯使用了“边缘人”的概念，并予以自己的界定：“所谓边缘人，就是那些处于人类相互理解边缘的人，他们始终在拓宽着人类知识的新领域——以及人生的领域。”读《劳伦斯书信选》，一个十分强烈的印象是：这个“定义”完全浸透了劳伦斯自身的人生经验和生命感受，因而，自然地我把对抽象的“边缘人”的理解叠印到劳伦斯身上，而正是对劳伦斯“边缘性”的理解与体认，才能够通向这颗叛逆、敏感、孤独的灵魂深处。

劳伦斯时常陷入对不被理解乃至遭受指责、谩骂的沮丧与愤慨之中。一九一二年，他和后来成为他终身伴侣的有夫之妇弗丽达的私奔，不仅使他们被社会道德拒斥于理解之外，而且极大影响了对劳伦斯的整体品格和劳伦斯作品的认识与评价。长篇小说《彩虹》的被查禁，一定意义上标示了当时社会对处于边缘位置的作家作品的态度和理解程度。

人类生存于无限之域，人类的认知却总是处于某种限度之内，这个限度之外的一切对于人类来说是一片茫茫的黑暗。在人类集体潜意识之中，对这种未知的黑暗的恐惧是十分巨大的，芸芸众生总是有意无意地回避这种恐惧，思、言、行圈子狭窄的已知领域，一次又一次重复各种各样的固有经验模式，以换取安全与舒心的感觉。但是人类认知领域的扩大却永远需要勇敢者向与人俱在的潜意识恐惧挑战，用高度的智慧去烛照那未知的黑域，阔开人生活动的空间。这样的人就是“边缘人”。“边缘人”在社会关系中的位置和命运，实质上是他们不安于在社会已有的规范、禁忌内活动的结果，他们偏偏要挣扎着打破禁忌，冲出这个规范之外，以整个人类的前卫的姿态，在始终拓宽人类知识和人生的新领域。边缘性主体的核心也正在这里。劳伦斯的一句愤慨之言不期然正含有——或者说象征了——这种边缘意味：“我宁肯逃往天涯海角，也不愿朝这个世界的大都会走去。”

具体说来，劳伦斯的边缘探索主要是基于工业文明压抑、抹杀人的自然本性的异化现实，旨在通过调整和创造两性关系而实现一个和谐的社会理想，达致完美的人生境界。向边缘突进必然要遭遇禁忌规范的对抗，然而劳伦斯在承受不被理解的宿命的同时，固执着边缘精神的叛逆和开拓，他宣称：

至于我本人，我正直诚实地进行创作，并诚挚地相信，人类意识现在迫切需要自由地打开通往对“性”产生恐惧的暗室之门——当然并不存在实际意义上的恐惧暗室——我感到语言需要摆脱在词语和表达方式上的各种人为的禁

忌。所有这些禁忌和关闭之门只能制造社会的愚昧。（一九二九年五月致斯派泽）

劳伦斯谢世距今已有半个多世纪了，五十多年前的边缘在今天就不应该再是边缘，历史不应该是静止、停滞的。如果我们必须面对各种各样愚昧的禁忌（不仅止于性），那么打开因此而建造的“恐惧的暗室”就是“边缘人”劳伦斯具有永恒意义的启示。由此我们可以感知边缘的敞开性，用布罗茨基的话来说，就是：“边缘不是世界结束的地方，而正是世界阐明自己的地方。”

一九九一年

土星式英雄的迷失艺术

瓦尔特·本雅明说："我的星宿是土星，一颗演化最缓慢的星球，常常因绕路而迟到。"本雅明回忆童年时代和母亲一起散步，母亲常用无足轻重的事情检验他应付实际事物的能力，而他故意表现出笨拙和缓慢来对抗测验，这种做法久而久之真的强化了他性格中的笨拙，并且使他身上那种梦幻般的倔强变得根深蒂固。"在我身上，那些似乎比事实上的我更迟缓、更笨拙、更愚蠢的习性显然根植于那些散步，并且它还伴随着另一种危险：在内心里，我始终觉得自己比真正的我更敏捷，更灵巧，更聪明。事实上，我连一杯咖啡都煮不好。"本雅明用辉煌的方式描写了一些土星气质的作家：波德莱尔、普鲁斯特、卡夫卡、卡尔·克劳斯，而他自己也因为对精神生活的捍卫被称为现代文化中的土星式英雄。

土星式英雄掌握了一门迷失的艺术，这门艺术闪现着奇异的光彩，散发出蛊惑人心的魔力，与它有缘的人不由自主地浸淫其中。苏珊·桑塔格为《单向街》英译本写的序言中指出，本雅明作品中经常出现的隐喻，如地图、记忆、梦境、迷宫、拱廊、狭长的街道、宽广无边的远景等，呈现了一种独特的城市幻象和特殊的生活。在

《柏林的童年》一书中，本雅明写道："在一个大都市里，找不到路固然讨厌，但你若想迷失在城市里，就像迷失在森林里一样，则需要练习。……我在生活里很晚才学会了这门艺术，从而实现了我童年时代的梦想。那时，我把吸墨纸上杂乱的墨迹想象成迷宫。"必须经过反复练习才能学会迷失，"巴黎教会了我迷失的艺术"。苏珊·桑塔格说，本雅明的最终目的是要成为一个非同一般的识地图者，知道怎样迷失，也知道怎样借助想象的地图确定自己的位置。本雅明曾绘制了一张个人生活经历的图表，看上去像一座迷宫，其中每一个重要的社会关系都是"一个通向迷津的进口"。苏珊·桑塔格认为，"关于迷宫的隐喻也暗示出，由于气质的原因本雅明给自己的生活设置障碍的倾向。"这甚至是一种不可遏制的需要，本雅明谈卡夫卡时把这种需要表述为：追求"失败的纯粹与美感"。

卡夫卡自己的表述还要强烈："他有这个感觉，他通过他的存在堵住了自己的道路。由这一阻碍他又得到了证明，他活着。""他自己的额骨挡住了他的道路，他在自己的额头上敲打，把额头打得鲜血直流。"

阿多诺有这样一个概括："如果本雅明认为迄今为止的历史总是按照胜利者的观点来写的，因此需要从失败者的角度来写的话，我们就可以补充说，知识的确必须提供成功和失败的直线性继承关系，但也应顾及到那些不为发展所包括的事物，以及那些因脱离了辩证过程而被称之为废品或盲点的、失落在路边的东西。虚弱、离题、偏执、幼稚，这些都是失败者本性的表现。"

一九九六年七月七日

他被阅读的大雪覆盖得异常苍白

在我迷恋的少数作家中，瓦尔特·本雅明（Walter Benjamin）是我所知有限却沉湎甚深的一位。我出第一本论文集时，书名取作《栖居与游牧之地》，以此来表达我与文学之间的关系："文学就其小而言，是我的家，是我居住的地方和逃避之所；言其大，则是空旷辽阔生机勃勃的原野，我的感受、思想、精神在这原野上自由游牧，以水草为生。"因为说的是实话，所以也不觉得难为情。后来一个偶然的机会，发现本雅明曾经表述过同样的意思，而且用的语言和意象极其相似。这是在苏珊·桑塔格（Susan Sontag）为《单向街》英译本（*One Way Street and Other Writings*）所写的序言里看到的：

> 一本书不仅是现实世界中的残简，同时也是一个自成一体的小世界。或者说，书就是对世界的缩小，读者栖居其中。在《柏林记事》中，本雅明回忆起童年时的感受："你从来不是在阅读书籍，而是住在里面，闲荡

于行与行之间。”通过读书，一个孩子的胡言乱语最终变成了写作。

我不知道如果早一些时候看到了这段话，我还会不会取那样一个书名；但可以肯定的是，如果我还是取那样一个名字，我会借用这段话来表达自己的切身感受而不是直接把它呈露出来。朋友们越来越不满意我用别人的语言表达自己的方式，我无从辩驳。周作人说抄书很不容易，那是披沙拣金的工作。周作人是很自信的，可是我们怎么敢肯定自己拣出来的是金子而不是沙子呢？而且，就说自己吧，往往更感兴趣的是沙子，未必就是人见人爱的黄金。

我告诉朋友，引文给予我的是一种自身被印证、被扩充、被援手、被解救的亲密的幸福感。朋友不理解这种幸福感何所指，我就换一种说法，说引文所带来的幸福感就类似于传播谣言的快乐。本雅明不会愿意像我这样出此下策来解释，他在《单向街》“中国古董”那一则文字里，极尽耐心地说道：

一条乡村道路具有的力量，你徒步在上边行走和乘飞机飞过它的上空，是截然不同的。同样地，一本书的力量读一遍与抄写一遍也是不一样的。坐在飞机上的人，只能看到路是怎样穿过原野伸向天边的，而徒步跋涉的人则能体会到距离的长短，景致的千变万化。他可以自由伸展视野，仔细眺望道路的每一个转弯，犹如一个将军在前线率兵布阵。一个人誊抄一本书时，他的灵魂会深受感动；而对于一个普通的读者，他的内在自我很难被书开启，并由此产生新的向度……中国人誊抄书籍是一种无与伦比的文字传统，而书籍的抄本则是一把解开中国之谜的钥匙。

其实本雅明有一个更实质的说法：

我作品中的引文就像路边的强盗，手执武器跳将出来，把一个游手好闲者从自我的桎梏中解救出来。

除了赞同，我正好还有一个与这个了不起的说法恰恰相反的想法，我觉得我这个想法里的引用者别具魅力：把引文从它们的上下文环境中强行拖拉出来，使它们从上下文的限制中脱离，正如人有时也会通过某种方式从单调乏味的日常生活的束缚中脱离出来一样。这个想法不够谦恭文雅，把引用者打扮成了绿林好汉，如果用来说自己，庶几类于王婆卖瓜；如果用来指别人，大概几乎没有什么人愿意戴一顶打家劫舍的强盗帽子。话既然已经说到了这里，就索性再胡乱多加一句：钱锺书与引文之间的关系或者近乎于此。

正在对自己的想法暗自得意之际，又看到本雅明不知不觉转到了自己思想的背面——正反的想法他都占了。考虑到他的一个不同凡俗的理想，也许就不会对此感到惊讶了。可是这个理想却足够让人惊讶的，它是：写一部全部由引文构成的书。

从这个德国犹太人身上，我们可以发现阅读、引用和写作之间的同一性，而通常我们是在这之间做了清晰划分的。正像占有房子的最好办法是住在里面，占有和理解书的最好办法也是进入书的空间内，阅读、引用和写作都应该是在书的空间内进行的。本雅明曾经描述过这样的阅读情形，我们可以看作是他自己的童年经验，也是一幅特征鲜明的自画像：

> 整整一个星期你沉浸在书籍柔软的纸页里，那些文字就像秘密地重重叠叠一刻不停地环绕着你飞舞的雪花，你带着无限的信任走进去。书中的静谧愈来愈深地吸引着你，而书的内容似乎无关紧要，因为阅读的时候你仍旧在床上编着自己的故事。孩子总是沿着半隐藏的途径寻找自己的道路；阅读时他甚至两手堵着耳朵。桌上的书对他来说总是太高，而且总有一只手遮在上面。对于他来讲，书中英雄的历险甚至可以在旋转的字母里呈现，就像飞舞的雪花里隐藏的人物和故事。他和正在讲述的故事里的人物呼吸着同样的空气，和他们经历着同样的生活。他与书中人物的关系要比成年读者紧密得多。他被书中人物的命运深深地感动了，那种强烈的感觉是难以用语言形容的。从床上起来时，他被阅读的大雪覆盖得异常苍白。

人们普遍自信是他们的阅读激活了书籍，是读者使书活了起来。在书虫——本雅明当然是一个代表——看来，这种说法完全不对，因为他们深知，并非书因人而活，而是他们活在书里面。我的一个朋友编了一本本雅明谈书的书，我对这个朋友提议，把这句话印在封面或扉页上——

他被阅读的大雪覆盖得异常苍白。

一九九七年九月八日

袜子的内容和形式

讲文学的人，告诉我们，文学的内容比形式重要。这个好理解；又有人说正相反，形式比内容重要。这个也好理解。还有人说，这有什么好争的，其实内容就是形式，形式就是内容，内容和形式是一回事，分不开。这个就有点儿不好理解了。

怎么就不好理解了呢？既然有人发明了内容和形式这么两个名字，在“直观”上就是两个东西，这两个东西怎么就是一个东西呢？我们在“理智”上可以明白，但我们的“直觉”怎么能接受呢？假设在这两个名词发明之前有“文学”这么一个东西，那它就是一个东西；可是一旦发明了那两个词来谈它，它就没办法再浑然一体了，这两个词缠上了它。这两个词当然就是两种力量，有时候是把文学往相反的方向撕扯，有时候也会同心同德，劲往一处使。

但我不经意间读到一个人写他童年时候的一个游戏，忽然明白在“直观”上也能够把内容和形式就看成是一个东西。这多少有点儿奇妙。

这个人是本雅明，这本书是《驼背小人——一九〇〇年前后柏林的童年》，上海文艺出版社二〇〇三年出的，徐小青译。这个书名里的“驼背小人”是中译本加上去的。近来我接二连三地提起这本书，那是因为，这本书，正像刚刚说过的，有点儿奇妙。

这一段童年经验是这样的：

> 我必须伸到柜子里最深的角落，然后才摸到了我的袜子。它们按照人们习惯的方式卷着堆在一起。每双袜子的样子都像一个小兜子，没有比把手伸到兜子的最深处更有趣的了。我这样做不是为了暖手，吸引我伸到兜子深处的，是它里面被我抓在手里的那个“兜着的”东西。如果我用拳头把它攥住，努力确定了自己确实拥有这个柔软的毛线团，揭晓这个游戏的第二部分就开始了。这时我着手把那个“兜着的”东西从它的毛线兜子里拉出来。我把它朝自己越拉越近，直到那件令人惊愕的事情发生：我把那个“兜着的”东西翻出来了，但是本来装着它的那个“兜子”却不翼而飞。这个过程我反复尝试，总也试不够。

现在，你也明白了吧？本雅明说：“它让我领悟到，内容与形式，包裹和被包裹住的其实是一体的。它指导我从文学中小心地发掘真理，就像孩子的手小心地把袜子从‘兜子’里拉出来。”

主要还不是明白，而是眼睛看着，“直观”上就是一个东西。

二〇〇三年十一月五日

反对审美化

本雅明在《机械复制时代的艺术作品》中指出，政治美学化是把国家看作一件艺术品，对待人就像对待艺术品的原材料一样，可以任意控制，随便扭曲，就像舞者必须遵守舞蹈的规则和形式。而这，就是法西斯。

《机械复制时代的艺术作品》第一稿的第十九节和第二稿的后记对此的论述，在下引的文字上是相同的："法西斯主义一贯地使政治生活审美化。""'崇尚艺术——摧毁世界'，法西斯主义说道，并像马里内蒂所承认的那样，从战争中期待那种由技术改变之意义所感受到的艺术满足。显然，这是为艺术而艺术所达到的完美境界。从前，在荷马那里属于奥林匹克神的观照对象的人类，现在成了为自己本身而存在的人，他的自我异化达到了这样的地步，以致人们把自我否定作为第一流的审美享受去体验。"

本雅明的矛头，特别指向未来主义者马里内蒂的所谓"战争美学"，而技术复制时代，为这种"战争美学"提供了"原则"。

可是时代的"进步"日新月异，这几年世界范围内方兴未艾的文化研究，所处的已是数据复制时代。不可抗拒的国际化趋势使得文学和艺术越来越失去其地区性渊源的特征，特别是通俗文化，简直达到世界大同的地步了。文化研究针对此种形势，强调从作品和文化的具体语境中加以理解，唯其如此，才能最好地理解和最充分地体现作品和文化的价值及其在世界上的位置。“这并不是指一件艺术作品在被移置到一个新的语境时就失去了它的价值，”J·希利斯·米勒在他关于文化批评的著作中谈道，“但是在那种移置中最好不要脱离对创造者的主体位置的理解。那样做就势必会有使作品滥情化或审美化的危险。”少数民族的文化和艺术品就常常会被完全地置原来的语境不顾，变成审美消费的新奇古怪的玩具，比如墨西哥裔美国人壁画的复制品。而每件文化艺术品，都应该被视为具有表述功能的言语事件，也就是一种以语言文字进行行动的方式，而不仅仅是作为审美对象存在。在美国，文化研究希望通过对大学体系的改造，削弱和摧毁占统治地位的文化，从而使处于边缘状态的少数族，同性恋者，和所有处于不利地位的、沉默无言的、没有权力的人获得权力。文化研究的政治性由此显而易见。文化研究的一个目标，就是要给予那些脆弱的、处于边缘的文化和生活方式一种强大的自我决定力量。这显然不是审美化所能具有的抱负。

但是，美学王国却往往因为要捍卫美学领域的特殊性而反对文化研究，但又常常自觉或不自觉地把所谓的美学的特殊性变为跨越不同种族和文化的普遍标准。对这种既普遍又特殊的美学领域的捍卫，常常产生出命令式的文学理论和批评，比如，米歇尔·里法泰尔（Michael Riffaterre）就说过，只有当一个本文解语境化

(decontextualized) 时，它才是真正的本文，而理论的任务就是确保一个本文“让结果永远废除，让原因永远消失，让它对它所反映的环境的记忆永远抹掉”。

来自美学王国的命令是不是愿意看到这样的现实：审美化常常与文化商业主义并行不悖，甚至互相勾结。巴塞尔姆在《白雪公主》提到的塑料野牛块，只不过是一种美洲野牛与众不同的形体面貌的廉价复制品，是大众文化的破烂货，却因为所谓的审美化需求而大量制造和销售。审美化能使有价值的东西变得毫无意义，也能使毫无价值的东西看起来似乎是必需的一样。

一九九六年六月二十三日

垃圾之歌

唐纳德·巴塞尔姆的小说《白雪公主》中最著名的一段是关于垃圾的：垃圾的人均产量从一九二〇年的每日二点七五磅上升到一九六五年的每日四点五磅，以大约每年百分之四的比例增长。这个比例一直在上升，用不了多久就会达到百分之百这一点。其时，问题已经从处理垃圾转为鉴赏其特性，因为它就是一切，再也不会有任何“处理”它的问题，而我们只得学会如何“喜爱”它。甚至，要“走在垃圾现象的前沿，它是翻转过来的未来面貌；也正因为这一点，我们对语言的可以被看作垃圾现象的一种模式的那些方面给予特殊的关注”。

时至今日，多少有些证实了巴塞尔姆的预言。有一天，我在办公室里问一位同事，他每天吃的袋装食品都是些什么东西。他报出一连串千奇百怪的名字，知道我弄不懂也记不住，就一言以蔽之曰：垃圾食品，好吃，却没有什么营养。文化产业制造的大多是这类属性的东西，没有价值，却挖空心思挑逗大众的胃口。在垃圾堆中，你无处可逃，于是就诞生了支持和引导垃圾生产的理论。

有一种后现代的文化理论有时就给人这种印象。它教育我们不要用以前的眼光看待周遭的现实，就像不要用以前的眼光看待食品，我们不仅应该适应现实，而且要为现实做出强有力的辩护——后现代理论本身已经够混乱的了，我们还是不要再添乱，不去说它为好；就说时新的文化批评吧，它向传统的人文研究挑战，试图打破以往公认的经典作品谱系，跨越学科界限，要命的是，它倾向于认为，作为文化反映的文化产品，往往比文化创造的艺术更重要。极端的例子，认为垃圾比艺术更重要。

J·希利斯·米勒在《图解》一书中指出，文化研究使阅读方式发生了变化，“当我们在读一则广告或一个肥皂剧而不是一首诗、一篇小说或哲学论文时，有些变化包含在读的过程中”。文化研究的阅读方式主要是主题性、释义性和诊断性的，米勒描述道：“就像一位内科医生或精神分析医生为确诊一桩麻疹或精神分裂症病例要快速检查病人身体或心理病状的细节，以实施急需的治疗，文化研究的实践者们则也时时飞快地检查作品的明显特征，对其加以诊断。其阅读取向更多地关心的是文化而不是作品本身……”这一描述中颇能引人会心一笑的是文化研究者“急吼吼”的样子。

巴塞尔姆在《白雪公主》中实践了一种新的美学：用“垃圾语言”——广告语、陈词滥调等——来建构小说。有专家惊叹道：巴塞尔姆把“垃圾”转化成了一种新型的诗！

实际上，把垃圾转化为诗，我们还可以举出更有说服力的例子。我的一位朋友曾经设想，剪辑、拼贴现在的一份发行量很大、广受市民欢迎的报纸，就可以“制造”出一部很有意义的长篇小说。这个设想早就有人付诸实践了。生于一八七四、死于一九三六年的奥地利著名诗人和社会评论家卡尔·克劳斯在第一次世界大战期间创作了不朽的纪实性戏剧《人类的末日》，它以“引语”的方式表明：一个时代最不堪的东西只能由该时代自身说出，克劳斯想做的是以新闻报道之类的速朽材料为他的时代塑造耐久的雕像。《人类的末日》运用声音蒙太奇，把几百个人物的“声学面具”呈现出来，同时也就呈现出一幅惊心动魄的时代情景，有人把这幅情景描述为：“一个世界简直就是一路高谈阔论着走向死亡。”

一九九六年六月二十日

看爸爸妈妈谈恋爱

前几年，我读夏济安的《现代英文选评注》，读到戴茅·舒华兹（一九一三—一九六六）的一篇《责任从梦想中开始》，题目一本正经，内容荒诞有趣，夏先生译题为《君子好逑》。也许是因为夏先生注评得太好，让我感触很深，就动手把它译了出来，大约只有三千字光景吧。一位朋友兴致盎然地把译稿拿到她其时供职的某杂志，却终究没有登出来，译稿也未还，令我至今想起来遗憾不已。

小说写：我坐到电影院里，银幕上出现的是父亲。正穿过星期日安静的街区，去找他的恋人。父亲到了母亲家里，显得笨手笨脚，不免有些窘，外祖父心里掂量着他够不够格做大小姐的好丈夫。好在他们很快就从家里出来，父亲活跃起来，告诉母亲他挣了多少钱，夸大了一笔本来用不着夸大的数目。他们神思恍惚地盯着大海的时候，我大声哭了起来。旁边座位上的老太太拍拍我，说："年轻人，这只不过是电影罢了。"过了一会儿，华尔兹舞曲响起，人们疯狂地旋转，父亲提起勇气，又兴奋又困惑地向母亲求婚。母亲哭着说，她一直都在等这句话。我站起来大声喊道："你们现在改变主意还不晚，这样不会有什么好结果的。”管理员过来干涉，我只好坐下，却不忍再看银幕上会出现什么更可怕的事。后来父母吵了起来，我大为着急，嚷道：“他们在干些什么呢？他们不知在干什么吗？”管理员把我拖出了电影院。我从梦中醒来，正是景物萧索的冬天的早晨。今天是我二十一岁生日，窗槛上堆了一层雪，闪闪发光。

我读这篇小说的时候年龄正与叙述者相当，虽然未必如说梦痴人“面对人生现实，心中为之怵然，戒慎恐惧之念一动，不觉悲从中来”，却也难免有些肤浅的体会。说梦痴人想的是，要是没有父母恋爱结婚，就不会有我，但现在，如济安先生所说：“人生的担子非硬着头皮挑下去不可了。怅惘和恐惧之感恐怕是难免的。”

夏济安又说：“醒来了就不必做梦了，在此寒冷清明的清晨，还是坐起来吧。”

一九九六年六月十三日

父亲坐在黑暗中

夏济安先生讲评舒华兹的小说《责任从梦想中开始》，对于一个青年观看关于自己父母恋爱结婚的电影这样一个荒唐的故事，不禁感慨道："父母恋爱结婚，生儿育女，这事也平常得很，但是转瞬之间，儿子已经二十一岁。要说奇怪，人生的神秘恐莫大于此。"

如果从普遍的意义上来理解这一短篇小说，我们自然可以把它的内涵看成是一个人初成年时所感到的惶惑和忧惧。不过未免显得宽泛。舒华兹是美国犹太作家，在他的短篇小说中，第一代移民美国的犹太人和第二代之间的冲突是最经常的主题。同样是出身犹太移民家庭的著名评论家欧文·豪观察到，这两代人之间的裂痕在舒华兹的小说中特别大，故事的主角通常是知识分子或未来的知识分子，"没有哪里能像在舒华兹的小说中那样，把这种冲突的喜剧性绝望和痛苦描绘得那么好，也没有人像他那样如此多地从内部描绘了知识分子们的矛盾心理。"《责任从梦想中开始》就以一种鲜明的方法描述了两代人之间的分歧。青年坐到电影院里，看父母恋爱。时光重现了，他高声警告他们将要犯可怕的错误；可是电影院里的管理员严肃地警告他不要干扰。时光再现却并不意味着生活和命运能够改变。

两代犹太移民之间的距离，无论如何不能消除，可是如果双方都能真正设法去了解和沟通，他们可能会承认，各自有各自的理由和方式。有一篇小说非常令人感动，题为《父亲坐在黑暗中》，作者杰洛姆·魏德曼，和舒华兹同出生于一九一三年。父亲喜欢一个人在黑暗中静静地坐在厨房的椅子里，吸着烟斗。全家人都睡了，父亲还在那儿坐着，吸烟，沉思。“你为什么还不睡，爸爸？”“就睡，儿子。”可是父亲仍然坐在那儿，吸烟，沉思。“你在想什么，爸爸？”“没什么，只是休息一会儿，就这样。”父亲说话的语调平静，让人放心。一天又一天，父亲总是独坐到深夜。一次，儿子睡醒了去厨房喝水，拉亮灯，父亲一下子跳了起来。“怎么了，爸爸？”“没什么，我不喜欢灯光。”“为什么你在黑暗中坐到这么晚？”父亲说：“这样挺不错，我不习惯电灯光，我在欧洲还是个孩子的时候，我们没有电灯。”儿子记起父亲童年在奥地利的故事。“爸爸，你的意思是没出什么事？你坐在黑暗中，只是因为你喜欢这样吗？爸爸，你在想什么？”“没什么，”父亲柔声说道，“没什么特别的事。”

欧文·豪在他的皇皇巨著《父辈的世界——东欧犹太人移居美国的历程以及他们发现和创造的生活》的结尾说道：“我们不可能是自己的父辈，也不可能过母亲的生活，但我们可指望他们的经历作为严正的典型和纯洁的信仰。”

一九九六年七月十八日

河的第三条岸在哪里

巴西作家若昂·吉马朗埃斯·罗萨（一九〇八—一九六七）的小说《河的第三条岸》译成汉语，不足四千字。我特意查了一下，也斯编译《当代拉丁美洲小说选》收录的十篇小说中，就有《河之第三岸》，书是台湾环宇出版社一九七二年出版的。我读到这篇小说是在九十年代初的一个晚上，由我友乔向东译的。乔向东把译稿拿给我看，我清晰地记得他谈起这篇作品时，声音不住地颤抖。

小说以第一人称叙述——父亲是一个尽职、本分、坦诚的人，并不比别人更快乐或更忧郁。有一天，他去订购了一条船，自他踏上船，就再也没有回来。其实他哪儿也没去，就是在离家不到一英里的一条大河里划来划去，漂来漂去。人们都吓坏了，从未发生过、也不能发生的事现在却发生了。母亲请来牧师到河滩，想驱走他身上的魔鬼，又叫来士兵，想吓吓他，但都无济于事。父亲从未上岸，从不答理任何人，也没有人能靠近他。姐姐结婚了——姐姐生了一个男孩，她坚持要让父亲看看外孙。我们全家人在河边呼喊，等待，但父亲始终没有出现。全家人搂抱在一起哭了。我的头发也渐渐变得灰白，可是父亲在河上漂泊，我就被永远地剥夺了宁静。一天，父亲在远处出现，我急切地喊：“爸爸，你老了……回来吧，你不是非这样漂下去不可……回来吧，我会代替你，顶上你的位置。”父亲向我划过来，举起手臂向我挥舞——这么多年来这是第一次。可是我害怕至极，发疯地逃掉了。我不得不在内心广漠无际的荒原中生活下去，希望死后被装在一只小船里，在河上迷失。

乔向东兄译出同等篇幅的小说多篇，交出版社出版。出版社请专家审稿，专家不明白河从哪里出来了第三条岸，大笔一挥，改题为：《大河在此滩拐了第三道弯》。这一改，大概凡是识汉字的人都能懂。出版社还请人写“赏析”文附在后面，说是流经三道弯奔向海洋，喻人生经历童年、青壮年和老年，走向死亡。敢胡说八道到这种程度。对此可用一事解释：一位读文学的硕士生，认为导师给他出的考题不对，便把全部考题推翻，自作主张另出一份，然后自己答自己出的题。后来确诊为精神有点问题，休学了。不过话又说回来，这可真有点了不起。

一九九六年六月十二日

博尔赫斯三题

一、虚构的中国

在《七缀集》里，钱锺书先生两次引证博尔赫斯，一次见于《中国诗与中国画》的一条注释，引述的博尔赫斯和中国有关。说来令人诧异：博尔赫斯列举卡夫卡的“先驱者”，竟把作《获麟解》的韩愈排在显赫的第二位。

其实，真正了解博尔赫斯的人，差不多也就同时会了解到他与中国之间奇特的精神关联。他读过老庄，自己觉得非常亲近中国文化，尤其中国人那完全不同于——这是博尔赫斯的感受——西方的思维方式和生活态度深深地吸引了他。实际上，博尔赫斯并未对中国文化做过认真的学术研究，这个遥远的国度更重要的是为他无穷的奇思漫想提供了一个神秘空间。在著名的小说《交叉小径的花园》里，博尔赫斯虚构一个生活于十八世纪晚期的中国学者，他要写一部远比《红楼梦》更复杂的小说，因为他认为真正的小说应该把所有可能的结局全部都揭示出来；同时，他着手营造一个迷宫。人们以为这个迷宫位于某个地方，却从未有人发现。时至二十世纪，一个将死的汉学家恍悟到这个迷宫就存在于那部虚构的小说里。这篇小说极力突出的纯粹幻想和迷宫观念，正是典型的博尔赫斯风格。

还有更让人诧异的事情。在一篇本该一本正经的论文里，博尔赫斯引用了一部大概是子虚乌有的《中国百科全书》里的一段话，说中国人是如何把动物分类的，动物分为：（a）属皇帝所有的，（b）涂过香油的，（c）驯良的，（d）乳猪，（e）塞壬海妖，（f）传说中的，（g）迷路的野狗，（h）本分类法中所包括的，（i）发疯的，（j）多得数不清的，（k）用极细的驼毛笔画出来的，（l）等等，（m）刚打破了水罐子的，（n）从远处看像苍蝇的。偏偏是这样胡言乱语、奇奇怪怪的分类，启发了本世纪最重要的哲学家米歇尔·福柯的灵感，在《词与物》里，福柯对这表面的可笑与荒唐感到不安，因为这段疯话具有摧毁寻常思维和用语言命名的范畴的破坏性，要“瓦解我们自古以来对同和异的区别”，“另一种思维系统异国情调的魅力”同时显出“我们自己的系统的局限性，显出我们全然不可能那样来思考”（参见张隆溪《非我的神话》）。

中国作为西方传统的异己者，对它的文化习性的威胁，究竟是否真的产生过后果或产生了怎样的后果，是我所无力了解和述说的；但是，反过来，在八十年代中后期，中国先锋小说家从博尔赫斯那里获得的启悟，却具有相当非凡的意义：对于一向臣服于现实与历史的中国小说来说，博尔赫斯无疑是开启了一个纯粹想象的、纯粹智性和审美的自由新空间。

二、不死的文学人生

《七缀集》另一处引述，是在《林纾的翻译》的正文里，说："博尔赫斯甚至赞美伊把拉（Néstor Ibarra）把他的诗译成法语，远胜西班牙语原作。"钱先生还加重语气说："博尔赫斯对法语下判断却确有资格的。"这不禁让我想起博尔赫斯少年在日内瓦学法语时的马虎劲，以至于同学们为此向校长写了一封告状信。老师在课堂上喊他的名字他都听不懂，每次都得同学用胳膊肘捅他。到他晚年写回忆录时，仍对法语耿耿于怀："现在我仍然认为德语是一种美丽的语言，比它产生的文学还美丽。不可思议的是，法国居然有一种高贵的文学（尽管法国对流派和运动怀有感情）。但我认为法国的语言反倒不美。用法语表达什么的时候，听起来使人感到很平淡。"（《我的回忆》）

博尔赫斯的语言天赋自然非常人所及，在语言经验上也颇多异于常人之处：在用母语西班牙语创作之前，他用英语和法语写过十四行诗；早年阅读的大都是英文书，连《唐·吉诃德》也是先读了英译本，后来读原著，"觉得英文版译本太乏味了"。博尔赫斯的英语能力得自于家庭，他的祖母是位英国贵妇，父亲在大学里用英语讲授心理学，母亲翻译过许多著名英语作家的小说。

博尔赫斯得自于家庭的可谓多矣。他说他一生中最重要的东西就是父亲的藏书室，从某种意义上说他的文学信念也是因父亲而起，他要完成条件不允许父亲完成的文学事业；失明后，一直是母亲陪着他，实际上成了他的秘书。他的早熟早慧也脱不了家庭的重要影响。博尔赫斯六七岁开始写作，第一次文学尝试是用英文写了一小本希腊神话集，大概是从某本书里编选出来的；九岁的时候他翻译了奥斯卡·王尔德的《快乐王子》，并且公开发表了。

一九二三年，博尔赫斯二十四岁，出版了第一本书，诗集《布宜诺斯艾利斯的热情》。有意思的是他送书给人的方式。他拿了五十或一百本书去见那时最有名的文学杂志的一个编辑，请求他把书悄悄塞到挂在衣帽间里的大衣的口袋里。过了些时候，博尔赫斯发现大衣的主人们已经读了他的诗，还有人写了评论。

当博尔赫斯已经是位有名的作家时，他工作的某小图书馆的人却还不知道，一位同事在一本百科全书上看到一个人的名字和生辰跟博尔赫斯的完全相同，他不胜惊讶。

一九五五年，博尔赫斯被当时的总统任命为国立图书馆馆长。第二年，他被聘任为布宜诺斯艾利斯大学的英国文学教授，他没有按惯例寄去论文、著作等，只寄了一句简单的话："我一生都在毫无意识地为这个职务做着准备。"联想后来他周游世界，在哈佛等著名大学讲课，这句平静的话蕴含的非凡力量大约可以被人体会到一些。

晚年，他觉得自己已经写出了他的最好作品，但是，"每当读到什么反对我的东西时，我不但具有同感，而且认为我可以把它写得更好些"。检视一生，对于他自己，最重要的是获得了一种宁静、平凡却难以为他人企及的感觉："从某种意义上讲，和我年轻的时候比，现在青春离我更近了。"（《我的回忆》）

这让人想到他一篇小说的名字：不死的人。

三、诺贝尔奖的损失

博尔赫斯五六十年代开始在欧美声誉大振，影响极盛，和贝克特、纳博科夫并列，被公认为从现代主义向后现代主义过渡进程中的大师，但他未能获得诺贝尔奖。博尔赫斯在世时，就有许多人为他打抱不平，下面抄一九七七年八月七日《纽约时报图书评论》上《从诺贝尔奖金谈到博尔赫斯》（理查·依德尔）一文中的一段话，来结束这篇短文——

> 有些作家获得诺贝尔奖金，不过是得到一次恰如其分的荣誉罢了；而他们的得奖却使该项奖金获得荣誉；这真是对诺贝尔奖这一类机构的一个绝妙的嘲讽。诺贝尔奖机构从福克纳、聂鲁达和叶芝等人获得的声誉，反而超过他们从它那里获得的声誉。它忽略了布莱希特、纳博科夫，也许还有博尔赫斯，因而遭受的损失，也比他们所遭受的大。

一九九一年

生命在梦想中流逝

豪尔赫·路易斯·博尔赫斯本来就是一个耽于梦想的人，失明之后，这种倾向愈发变本加厉。“由于我拙于思考，我便沉浸于梦想，从某种意义上说这样可以使我的生命在梦中流逝。这是我唯一能做的事。”在和威利斯·巴恩斯通的一次谈话里，他说他几乎每天夜里都做噩梦，其中最基本的内容有这样三种：迷宫、写作（读书）和镜子。热爱博尔赫斯的人看到这里自然会心。在他的作品中，我们不也熟知这些吗？而且已经是非常非常地熟悉。小说更不要去说，诗歌亦然。法国贝·皮沃和皮·蓬塞纳的《理想藏书》推荐美洲西班牙语文学的前十本书，博尔赫斯的《诗集》（一九六五年）是其中的第二本，评述说：“在他文笔精湛的诗作中，我们能找到属于博尔赫斯传说的所有主题：镜子的游戏，记忆的迷宫，老虎的梦，对现实的怀疑，故作玄虚的博学，躲在魔幻影子之下的理性。我们也能找到一些极其简明澄澈的诗行，写月光、雨水、潘帕斯草原的宁静，还有伴随探戈舞的歌。”

比起博尔赫斯在创作中设置的迷宫，他梦中的迷宫似乎要简单些，至少从他自己讲述出来的情况看是如此。比如，在一座很大的建筑物里，有很多巨大的空房间，“于是我从一个房间进入另一个房间，但好像都没有门。我总是不自觉地走到院子里。然后过了一会儿我又在楼梯上爬上爬下。我呼喊，可是没有人。那座巨大的不可思议的建筑物空空荡荡。于是我就对自己说：怎么回事，我当然是梦见了迷宫。所以我也不必去找什么门，我只需坐在其中的一间房子里等待就行了。有时我醒来，我的确有时醒来。当我意识到这一点我就自言自语道：这是一个关于迷宫的噩梦，由于我知道这一切，所以我不曾被迷宫所迷。我只是坐在地板上”。

博尔赫斯常常写到迷宫，又常常梦到迷宫，在写作与梦想之间，究竟是什么关系呢？写作是梦的释放，意欲借以摆脱噩梦的纷扰？从实际的情形来看显然不是这样。写作反而加深了噩梦，而梦魇纠缠不去又促成了写作对同一主题的反复叙述？写作是梦想的延伸或者梦想是写作的延伸？写作与梦想到底是两回事还是一回事？对于博尔赫斯来说，二者的区别也许不是太大。而所谓的关于迷宫的噩梦，也许博尔赫斯压根就不想摆脱它，反倒是特别的迷恋。

但是关于读书的噩梦肯定是博尔赫斯极力要摆脱的。博尔赫斯对于读书的感情，超乎寻常，用寻常的述说方式无法述说，除非以博尔赫斯自己的方式。失明之前，阅读（和写作）几乎可以说是博尔赫斯唯一所做的事，“在我走半个小时的路而身边又没带本书时，我便感到很别扭。”失明后偏偏他又拥有了阿根廷最大的图书馆，被任命为国家图书馆馆长，他内心的情形可以想见。由此，他总是做一个想读书而又读不成的噩梦便是非常自然的，自然得太不容易为人接受："我会梦见那些文字全活了，我会梦见每一个字母都变成了别的字母。当我想弄懂开头那些单词的意思时，它们便暴躁起来。那是些长长的荷兰文叠元音单词。有时我也会梦见那些文字的行距变宽，然后字母伸展出枝枝杈杈。在异常光滑的纸页上，那些符号有黑有红，它们长得那么大，简直让人受不了。等我醒来，那些符号还要在我眼前晃一阵子。于是我会想好久：我再也不可能忘掉它们了，我会发疯的。"

世界上最热爱书的作家再也不能读书了。

从我们一般所说的现实层面，我们发出这样伤痛的感叹，即使博尔赫斯离去经年，我们依然感受到无法阅读对他的折磨。如果他因此发疯，热爱他的人们都大致能够理解。但他不会发疯，因为他知道他会发疯，所以他就可以并不真地发疯；就像他知道他待在迷宫，所以不会为迷宫所迷。在这一切背后，是因为他发现了这样一个原则：如果要避免某种事情的发生，最好的方法就是想到它。博尔赫斯在小说中表述过这一原则，被世界上极少数的人注意到并且相信它的灵验。

如果我们能够从我们生活其上的现实层面撤回，我们也许可以理解博尔赫斯让生命在梦中流逝的非凡意义。他认定梦是一种创造，醒时的经验中许多与自己有关的东西并非由自己而产生，"醒时的经验与睡时或梦中的经验有本质的不同，其不同之处一定在于，梦中所经验到的东西由你产生，由你创造，由你推演而来"。好作家会从平常的物象中获得噩梦的感觉，博尔赫斯举英国作家吉尔伯特·基恩·切斯特顿为例。切斯特顿说我们可以想象世界的尽头有一棵树，其形状即是罪恶。“瞧，那棵树是无法描摹的。而假如你想象一棵树，比如说由骷髅、鬼魂做成，那就太愚蠢了。但我们说的是，一棵树，其形状即是罪恶。这表明切斯特顿的确做过一个有关那棵树的噩梦，不对吗？若非如此，他是怎样知道那棵树的呢？”

梦想甚至让博尔赫斯产生了这样的想法，如果生命不在梦想中存在，那么它在哪里存在呢？他是这样表述的——

“当我醒来，看到的是糟糕的事情。我还是我，这令我惊讶不已。”

一九九四年四月十四日

想象的动物

李陀说，现在一听谁又谈博尔赫斯，就烦。

李陀这几年重新反思从八十年代逐步确立起来的“纯文学”的观念，而博尔赫斯呢，从八十年代到今天，一直不断地被一批又一批作家当作“纯文学”的典范。即便是零零星星地听，李陀大概也听人谈了将近二十年吧。

我现在也不大喜欢别人和我讨论博尔赫斯。原因和李陀不大一样。我有很长一段时间的迷恋，过度迷恋之后会产生过度的疲倦和麻木；听人谈，大多也听不出什么有趣的意思来。有意思的倒是，我认识一个人，他看到年轻作家的作品，只要是他不喜欢的，不论这个作家和那个作家之间的差异有多大，他一概说，不过是学了点博尔赫斯的皮毛嘛。至于他本人是否学了点皮毛，我就不大清楚了，只知道博尔赫斯这四个字在他嘴里颠来倒去地说，奇怪的是从来没有一次把这四个字的顺序说对过。

八十年代中后期读大学那会儿，一天晚上偶然在学校东部的小阅览室读到博尔赫斯的一个短篇，产生奇妙难言的感觉，从此迷上这个阿根廷作家。读能够找到的作品，这还不算什么，还密切注意有可能看到的有关他的文字，哪怕只是片言只语。举个例子，我查到博尔赫斯的作品译成中文竟然早在五十年代，香港的《文艺新潮》第八期（一九五七年一月出版）发表了思果翻译的《剑痕》；再譬如，钱锺书先生的《七缀集》，这本书我倍感亲切，一个原因就是其中两次提到博尔赫斯，一次是在《林纾的翻译》正文里，一次是在《中国诗与中国画》的注释里。八十年代的中国先锋小说家们，还以为他们是最早读博尔赫斯的中国人呢。我那时候也不知道天高地厚，觉得《七缀集》两次提及，其中的一次在事实上不够准确，就特意在一篇小文章里纠正。一九九〇年我参加一个国际比较文学会议（后来我就知道了，所谓“国际”学术会议，就是只要有几个老外参加，就是了），分组会上宣读论文，关于中国先锋小说家接受博尔赫斯启悟的探讨。我是第一次干这种事，紧张得要命，眼睛不看人只看稿子，念完了才敢松口气。这口气一松就彻底松了，我很后悔刚刚的认真和紧张，因为没必要，这个组的人大多根本就不知道我说的那几个先锋小说家是什么人，也不知道博尔赫斯是怎么回事。

那时候从卡片箱里查到复旦图书馆有一本博尔赫斯的《想象的动物》，台湾的译本，几次动了借的念头，但直到毕业也没借。为什么呢？台湾版的书，借起来麻烦；即使阅览室的管理员帮你找出来了，你也只能待在那里看。对我来说，要在阅览室里面读完一本书几乎是不可能的。我有个坏毛病，每次到阅览室，总是在一排排书架前翻翻这本，看看那本，结果就是，几个小时过去，差不多什么都看了，跟什么都没看也差不多。知道有这么一本《想象的动物》

而没有读，就成了一件心事。这当然是一件很小的心事，装在心里却也有十多年了。

没想到今年在韩国碰到了这本书，帮我打发了一些无聊的时光。我在徐贞姬教授的研究室里发现了这本小书。徐贞姬教授年轻时在辅仁读硕士、在台大读博士，她书架上有很多台湾版的书，也就是很自然的事了。博尔赫斯在前言里说："有一种书是既消遣又广闻，本书所集，旨在给予读者这样的乐趣与益处，也希望读者在友人的书架上搜奇拾异之余，能满足诸君偏深知识参考之愿望。"我没有"偏深知识参考之愿望"，但对于他那种多"从中世纪拉丁文、法文、德文、意大利文以及西班牙文原文"征引资料作为编撰根据的方法，却是不能不叹服。

这本书一九五七年印行于墨西哥，书名为《想象动物手册》(Manual de zoologia fantástica)，一九六七年第二版改为《想象的动物》(*The Book of Imaginary Beings*)，增补了一些内容，印行于布宜诺斯艾里斯，为英文本。台湾的译本是志文出版社一九七九年出的，译者杨耐冬，依据的是一九七四年的英文本，内容有一百一十七条。

翻开这本书，就好像是进入了一个神话动物园，你看到的是稀奇古怪的动物，狮身人面的斯芬克斯、半狮半鹰的希洛多塔斯、半人半马的辛托、一百个头的怪物、散发着芬芳气味的豹子、歌声有着致命迷惑力的海妖塞壬、住在镜子里的鱼、住在火里并且以火为食的蝾螈、能发出人的叫声并且使听到的人发狂的曼陀罗花，甚至于，形而上的动物。按照博尔赫斯的说法，神话动物园的动物比真实动物园的动物要多得多，因为这些动物，其中多为妖怪，是真实动物的各部分肢体的任意组合，而这种排列组合几乎是无穷无尽的。不仅是过去的人这样想象动物，现在的人也这样想象。前几天一个朋友转发给我一些图片，名字叫“如果它们相爱”，就是假设一种动物和另一种动物交配繁殖，生出来的就是些你从没见过的怪东西——现在轻易就可以用电脑合成出怪物的形象。

柏拉图认定造物主所造的世界是球形的，而且是活着的生命体；他还由此狂想动物世界有许多球体动物。尼罗河口的一位神父告诉信徒，球体的生命可以复活，并且能够滚着进入天堂。“文艺复兴时期，《伐尼尼》书中所记，天堂是个动物；新柏拉图主义者费西诺说，地球有毛发、牙齿和骨骼；布朗诺能感受到行星是些平和安静的大动物，有热血，有正常的习惯，并且有理性。十七世纪初期，德国天文学家基普勒与英国神秘主义者罗柏特·佛拉德争吵着说，是他们中哪个先产生了那个观念——认为地球是个活妖怪，地球‘像鲸鱼那样喷着气，睡了又醒，醒了又睡，有退潮，又有海流’。基普勒孜孜研究，认为这个怪物有骸体，有饮食习惯，有颜色，有记忆，且有想象能力和有形的才干。”

而在另外的想象里，上帝创造了地球，地球却没有根基，因此就在地球下面造了一位天使；这位天使没有立脚的地方，就在天使脚下造了红宝石岩；红宝石岩没有托盘，就在底下造了一只公牛，这只公牛有四千只眼，四千只耳朵，四千个鼻孔，四千张嘴，四千条舌头和四千只脚。可是，这只公牛还是没有落脚的地方，因此在公牛的底下造了一条名叫巴哈马特的鱼，在鱼的底下放置了水，在水的底下是一片黑暗。在黑暗面前，人们就一无所知了。

这使我想起好几年以前我看到的一部建筑学的博士论文，这部论文的作者设想未来的人类建筑，都是建在一只牛角之上。他的全部论述从这个出发点展开。论文的首页是诗；翻过来是构想示意图，在这个示意图中，这只牛和牛角占了突出的位置；接下去是正文。后来一直想知道这部论文是否通过了答辩，作者是个怎样的人，但都无从打听了。

不过绝大部分想象的动物与宇宙结构这样巨大的思考没有多大关系。所以产生想象的动物，是因为人需要这样的想象；宇宙的基本构成也是人的一种想象需要，但更多的想象需要安排在世俗平常的人间。

本来有的动物具有人一样的说话天赋，可是很久以前，一位南非丛林人霍其冈，非常憎恨会说话的动物，有一天，他偷走了它们说话的天赋后就不见了。从此，动物就不再能够说话。

上面提到会发出人的叫声的曼陀罗花，这是一种植物性动物，或者说，是动植物的整合体。这样的整合体非常少见，在鞑靼地方有一种植物羊，叫巴洛米兹，颇使人惊奇不解。另外见诸文字的还有某人的某个梦，他梦见有这么一棵树，吞食它枝上的鸟巢，当春天来临时，树上长出的不是树叶，而是羽毛。

在我所读过的书中，印象甚深的动物，一想就会想到路易斯·卡洛尔在《阿丽斯漫游奇境记》里写的英国柴郡的猫。我很高兴看到博尔赫斯也专门谈到这种笑面猫，卡洛尔给这种猫一种才能，慢慢隐藏起面孔，却剩下了笑容。请看赵元任先生的译笔，一九二二年商务印书馆的版本：

这一回它就慢慢地不见，从尾巴尖起，一点一点地没有，一直到头上的笑脸最后没有。那个笑脸留了好一会儿才没有。

阿丽斯想道，“这个！有猫不笑，我到是常看过的，可是有了笑没有猫，这到是我生平从来没看见过的奇怪东西！”

还有一种绝命猫，据说它们先是互相愤怒格斗，而后互相噬咬、吞食，直到最后两败俱亡、只剩下两条尾巴为止。

博尔赫斯不能直接阅读东方语文，但他还是参考转引了不少这方面的资料。他谈到中国的狐狸、龙、凤凰、独角兽等等。中国的独角兽是麒麟，他从玛戈里斯的《中国文学类纂》（一九四八年版）里转引了韩愈的《获麟解》：

麟之为灵昭昭也，咏于诗，书于春秋，杂出于传记百家之书，虽妇人小子皆知其为祥也。然麟之为物，不畜于家，不恒有于天下，其为形也不类，非若马牛犬豕豺狼麋鹿然。然则，虽有麟，不可知其为麟也。角者，吾知其为牛；鬣者，吾知其为马；犬豕豺狼麋鹿，吾知其为犬豕豺狼麋鹿。惟麟也，不可知，不可知则其谓之不祥也亦宜。虽然麟之出必有圣人在乎位，麟为圣人出也；圣人者，必知麟，麟之果不为不祥也。又曰，麟之所以为麟者，以德不以形，若麟之出不待圣人，则谓之不祥也亦宜。

在另外的地方，不是在这本《想象的动物》里，博尔赫斯引用某部中国百科全书谈动物的分类，可分为：(1) 属皇帝所有，(2) 有芬芳的香味，(3) 驯顺的，(4) 乳猪，(5) 鳗螈，(6) 传说中的，(7) 自由走动的狗，(8) 包括在目前分类中的，(9) 发疯似的烦躁不安的，(10) 数不清的，(11) 浑身有十分精致的骆驼毛刷的毛，(12) 等等，(13) 刚刚打破水罐的，(14) 远看像苍蝇的。这个令人惊奇的分类让福柯大笑了好长时间。福柯的名著《词与物》的前言是这样开篇的："博尔赫斯作品的一段落，是本书的诞生地。本书诞生于阅读这个段落时发出的笑声，这种笑声动摇了我的思想（我们的思想）所有熟悉的东西……"

关于这个分类和福柯，我十多年前的短文里引述过，现在根据新出不久的《词与物》中文译本重引一遍，说明我实在没什么进步。认识到这一点，我也就知道了，以后关于博尔赫斯，我实在不要再写什么了。就以这篇短文作为我青春时代迷恋的纪念。

二〇〇二年十一月三十日

真的天方夜谭的乐趣

一九九五年春节前后，我在开封读了一册《爱因斯坦与相对论》。读完后，我把这本书送给了一个上初中的小朋友。

这个书名会把很多人吓住。我庆幸我没有，而是打开了它。读起来才发现它写得平易、简洁、有趣，它是一本爱因斯坦的传记，采取的笔调和口吻一下子就唤起了人的亲近感，特别适合青少年阅读。

书送走后就开始了不断的怀念。确切地说，是因为书中的一个情景而怀念这本书。这个情景写的是爱因斯坦十三岁时读《纯粹理性批判》。康德的这部伟大的著作，究竟有多少人读得懂呢？十三岁的孩子读这样的著作，有点儿天方夜谭。可是天方夜谭是迷人的。而且这天方夜谭是真的。你想想吧。真正让我着迷的还不是天才爱因斯坦是否读懂了这本书，而是，他从这本书中得到了很大的“乐趣”。

就因为这种天方夜谭的乐趣，我怀念着这本书，很想重新买到它。过了七年——这七年中有多少次为它而在书店里流连——前天，终于在复旦新开张的一家书店的角落里找到了它。我翻到那一页，印证它留给我的印象是否准确。这几段文字是这样的——

马克思看到艾伯特如此迅速地贪读他带来的书籍，就决定带来一些较艰深的书籍向这个孩子挑战。在艾伯特十三岁的时候，一天，马克思在午餐时给他一本的确非常难懂的书，那是由德国哲学家康德撰写的《纯粹理性批判》（*The Critique of Pure Reason*），甚至书名读起来也是深沉可怕的，它绝不是大多数十三岁的孩子所能读懂的那类书。

然而，艾伯特与同龄的大多数孩子不一样，他立即钻进这本深奥的书中，并在阅读中体会到很大的乐趣。一天晚上，赫尔曼走进儿子的房间，发现他伏在书旁睡得很香。赫尔曼拿起艾伯特摊开在书桌上的那本书，这正是《纯粹理性批判》。赫尔曼看了那段显然使得儿子入睡的文字，它是这样说的：

可以看出，时间是一切现象之先验的形式条件，而不论这种现象究竟是什么样的。相反，空间只是外部现象之先验的形式条件。一切表象，不论它们有无外界事物作为客观对象，都是心的决断。而且，确切地说，它们是属于我们的内在状态。因此，它们必定都受到内在感觉或直觉的形式条件，即时间的制约。

赫尔曼合上这本书，摸摸前额，俯下身来看艾伯特，艾伯特坐着睡了，两臂在桌上支撑着头：他第一次想到儿子有点不同寻常。

这本书其实只是一本薄薄的小册子，一个叫罗伯特·克威利克（Robert Cwiklik）的美国人写的，赵文华译，“商务新知译丛”中的一种，商务印书馆一九九四年版，我再买到的是一九九九年印刷的。手边放着这本书，我的怀念安稳了。

二〇〇二年一月二十八日

读斯泰因自传时的迷离之感

读格特鲁德·斯泰因的自传，从头到尾都会持续着一种奇异的迷离之感。你知道，这本自传名叫《艾丽斯·B· 托克拉斯自传》，艾丽斯是斯泰因的助手和终身伴侣。你想想看，当书中出现“我”这个字眼的时候，要是你忘记了这本书的作者，它就是艾丽斯在说她自己；而这是很难做到的——你很难忘记这是了不起的女人斯泰因写的。如果仅此而已还好办，你就区别一下 writer 和 speaker 就可以了，前者在文本之外，后者在文本之内。但是不行。因为这不是斯泰因借艾丽斯之口讲别的事，而是讲她自己，所以文中最常出现的词除了“我”之外，再就是“斯泰因”，而本意是讲斯泰因的。这个被讲的斯泰因，是斯泰因自己通过艾丽斯讲的，这和斯泰因直接讲自己，和艾丽斯直接讲斯泰因，到底是不同的，迷离感就这样产生了。

在自传的第一章，叙述者说：“我一生只有三次见过天才，每次都在我心中激起了反响，每次我都没有看错，我可以这样说，都是在他们身上的天才品位没有得到公认之前。我想说的这三位天才就是格特鲁德·斯泰因，巴勃罗·毕加索和阿弗雷德·怀特海。”我们确实没法弄清，这到底是不是艾丽斯第一次见到斯泰因时就产生的想法，还是斯泰因自己把自己和一位大画家、一位大哲学家并列为三个一流的天才。你现在知道，斯泰因的这种自我估价一点也不过分。

自传结束的时候，作者才交代这种写作是怎么回事，可是这个交代本身也是迷离的。平常斯泰因常劝艾丽斯写自传，“大约六个星期前格特鲁德·斯泰因说，我看你没打算写那本自传。你知道我会怎么干。我替你写。我要把这自传写得跟笛福的《鲁宾逊·克鲁索》一样明白易懂。她写了。这本自传就是。”

噢，我忘了，我应该先说说什么叫迷离的感觉。你千万别误会，别一听到斯泰因这个名字就把我这里说的迷离和晦涩混到了一块儿。至少这本自传一点也不晦涩。迷离是一种奇异的美妙体验（当然晦涩有时候也是），在这里，迷离之感是这样的：你明明清楚是怎么一回事（以此与晦涩相区别），可它在你的感觉里就是不特别清楚；你忍不住想弄得特别清楚，可是你同时也知道那是不可能的。因为不可能，所以你体会到一种奇异的美妙。你喜欢这种状态。

迷离之感还与一种能够体验却不能充分深入的状态有关。这本自传就处于这样一种状态。你知道斯泰因在巴黎的那么多年，她身边环绕着的大都是些星斗般的人物，当然他们也是后来才被当成星斗的，当年他们不过二十三岁或者二十六岁。这本自传就是由这样一些人物的名字组成的，毕加索、马蒂斯、阿波利奈尔、T. S. 艾略特、海明威……这样的名字太多了，多到构成了这么一本书。他们的认识、拜访、进餐、闲谈、矛盾等等，就是这些构成了这本自传。每个声名赫赫的人物在这本书里就像走马灯似的——这是多么奢华啊。这种奢华的状态产生迷离之感，就像流水的盛宴。我想起来了，海明威有一本回忆巴黎生活的书，名字就叫《流动的圣节》。迷离之感大概就是这个名字给你的感觉吧。

爱德蒙·威尔逊在他的那本名著《阿克塞尔的城堡》里，讲斯泰因的一章开头就提到，心理学家威廉·詹姆斯教授认为斯泰因是他教过的最出色的女学生。在这本自传里，我们知道斯泰因小姐是怎样通过詹姆斯课程的期终考试的。她在考卷上端写道，亲爱的詹姆斯教授，我十分抱歉但确实不想做今天的哲学考卷。然后离去。第二天他收到詹姆斯教授的明信片，说，亲爱的斯泰因小姐，我完全理解你的感受如何，我自己也常有此感。下面说他给了她这门课的最高分。

后来斯泰因把《三个女人》送给威廉·詹姆斯，詹姆斯在书页空白处还做了注解。可是这本自传没有告诉我们詹姆斯的注解是什么，也没有告诉我们斯泰因看了这些注解的想法。本来嘛，这本书就是处在不能充分深入的迷离状态。

斯泰因和舍伍德·安德森在一起的时候，特别喜欢谈海明威这一话题。“海明威是他们两人塑造的，他们两人为他们的这件心智之作既感到有几分得意又觉得有些惭愧。”他们都认为海明威胆小，也一致认为他们喜欢海明威是因为他是个挺好的学生。“他是个很糟糕的学生，我反对说。你就不明白了，他们都说，有个做学生而不知道是在做学生的人当学生是使人喜欢的……他们都承认这是一种偏爱。”可是在这本迷离的自传里，人们津津乐道的一句斯泰因对海明威说过的话却提也没提，你知道，这句话被写到了文学史上：你们是迷惘的一代。

一九九七年五月一日

《纽约客》的罗斯

哈罗德·罗斯（Harold Ross，一八九二——一九五一），《纽约客》（The New Yorker）的创办人，去世已经半个世纪了。他当然算不上呼风唤雨的大人物，可是死后的声名历多年而不衰，不能不说是他倾后半生之力成功塑造的《纽约客》对美国的文化和精神生活产生深远影响的一个结果——这种影响越来越被意识和感受到，人们自然地就会生出对那么一个人物的兴趣来。《我与兰登书屋》的作者称罗斯为“密友”，说他是美国最伟大的杂志编辑，同时又是个古怪的混合物：“人们可能想象《纽约客》的编辑是个精明的绅士，但哈罗德看上去却总像是从沙克中心开来的火车上刚下来那么个风尘仆仆的样子。他是个老天真而且拘谨得很，从来不允许在《纽约客》上发表一个下流字眼，而且把任何淫秽的东西都砍掉。这就使他多次与亚历山大·伍尔科特吵架，因为伍尔科特总要偷偷地塞进一些短小的不正不经的故事。”

细究起来，罗斯的身后声名多年来其实一直处于一种多少有些含混的、尴尬的状态。譬如说吧，他当年的那些同事，其中不少成了大名鼎鼎的人物，他们在写到他和《纽约客》杂志的时候，有意无意间留下了不少可堪玩味的地方。著名的漫画家和随笔作家詹姆斯·瑟伯（James Thurber）一九五九年出版的《与罗斯相处的几年》（*The Years with Ross*）似乎暗示说，为杂志赢得声誉的，主要是他瑟柏，而不是罗斯；吉尔（Brendan Gill）一九七五年出版了《纽约客在这里》（*Here at the New Yorker*），他笔下的罗斯是个举止粗鲁、没有受过多少教育的乡巴佬——这本书写得生动风趣，但另一方面，一个人和一本杂志间的深切关系，就在轶事趣闻、插科打诨中消失了。

一九九五年，托马斯·昆克尔（Thomas Kunkel）出版了一部传记《〈纽约客〉的哈罗德·罗斯（*Genius in Disguise*: *Harold Ross of the New Yorker*）》，公允、详尽地叙述了传主的生平和事业；最近又有一部研究著作《〈纽约客〉和它创造的世界》（*About Town*: *The New Yorker and the World It Made*）出版，这是本·亚格达（Ben Yagoda）利用六十多年的档案材料撰写的，罗斯被无可辩驳地置于不可替代的中心地位。这一类著作的相继问世，使人们再谈起罗斯的时候，会觉得只是说说他的牙齿之间缝隙很大，或者惊讶他竟然弄不清 Moby Dick 是鲸鱼还是人的名字（这位发表了纳博科夫、艾德蒙·威尔逊很多作品的人，曾经问道："Moby Dick 是条鲸鱼还是一个人?"），就太不够了。

据说《纽约客》酝酿创刊的时候，罗斯曾经和几个朋友坐在一起商量给杂志起个名字，其中有人提到的一个是 Truth 。幸亏没有用这个名字，否则这个杂志恐怕活不到今天，早就被这个名字的重量压垮了。哪一个人敢说自己始终掌握“事实”、“真相”、“真理”等等诸如此类只是让人去认识、去信奉的绝对性呢？

《纽约客》没垮，今年创刊已经七十五周年了，罗斯传的作者昆克尔等编辑了一部罗斯书信集（*Letters from the Editor*：*The New Yorker's Harold Ross*，Modern Library，$26.95），罗斯的个性和作风跃然纸上。这是从他自己的文字中活现出的形象，而他，却可能从来也没有想过用自己的文字见证个人的历史和生命。他没有在《纽约客》上发表过一个字。可是如果把他编杂志期间所写的这些书信也算做作品的话，除了艾德蒙·威尔逊，他可能是《纽约客》历史上最多产的作家。多产却不意味着长篇大论，罗斯的这部书信集有四百多页，但绝大部分书信都十分简短，甚至只有一两句话。

怀特（E. B. White）临时休假，罗斯写信给他说：“我希望你停止写作以后，你那个讨厌的肚子会好一点儿。”

给诗人威廉·波奈特（William Rose Benet）的一封信只有十三个英文词，中听不中听的意思都有了：“上帝知道，我们喜欢你的东西，可是这首诗，他妈的，太费解了。”

给瑟伯：“今天早晨洗澡的时候，想到你该让新年封面上的狗干什么：眨眼睛，狗眨眼睛。我还不是很清楚狗怎样眨眼睛，不过等你画出来后就清楚了。”

一九三〇年，罗斯给尚未出名、急着寻找出路的小青年约翰·奥哈拉（John O'Hara）写过这样几句话：“我不知道有什么工作，也不想知道，如果我知道的话，我会告诉你。也许你该做的唯一一件事就是，坚持写作成为一个作家。”奥哈拉听从了这个建议，后来功成名就。过了十四年，奥哈拉收到罗斯一封语气大为不同的信："亲爱的约翰：我很遗憾地告诉你，没有预付三千二百美元的好事。我一本正经地向一位阔佬提出此议，结果是一阵哈哈大笑，最后，我也跟着笑起来。"

罗斯的信多有唐突、粗鲁之处，话却说得富有意味，说得清澈透明。很多时候，把事情看明白，把话说明白，不是那么容易的一件事，尤其是在一些特殊的情境中。他给怀特写过一封这样的信："怀特：听到你父亲的消息非常难过，送上我的吊慰，所有我要说的是，人到了三十岁以后，所有的时间里都在不断失去，这真令人难以接受，糟糕透了。"

罗斯花在写信上的时间，常常一天里有好几个小时。《纽约客》的编辑和作家们喜欢接到罗斯的信，里面常常看得出写信人匆匆忙忙、不加修饰的状态。他的信上不仅有打的大叉叉，而且有时还会横空出现三四行莫名其妙的字母——那是他手指在打字机键盘上放错了地方。这个人太忙了，忙得抱怨牢骚个不停，忙得顾不上斟词酌句，顾不上修饰和掩藏，他脑子里在转什么念头很快就会表露出来，想法和把想法表达出来或者付诸实施之间的距离被他压缩到最短，让人容易从他的言语行为直接见到他的心地。

他的抱怨牢骚从另一个方面反映出他对杂志品格和质量的坚持追求，要是他肯松懈一点儿，也许就会少一些牢骚吧？当怀特一家迁往缅因州的时候，他一下子痛失两名干将：E. B. 怀特，独具风格的杂志首席文体家和"笔记与评论"专栏的作者；凯瑟琳(Katharine)，一个不可多得的编辑。他得用多大的力量才能压抑住自己的脾气。他对怀特说："你要是肯做一点点的适时评论，可就能帮上我的大忙了。"其时怀特已经开始为《哈泼斯》（*Harper's*）写专栏。怀特夫人隔着长长的距离继续为《纽约客》编辑稿件，工作仍然出色，可是这种远距离的工作方式让罗斯既恼火又无奈，他写信给她说："我对你的方式深感遗憾，可是既然你不可能换另一种方式，我也就只好接受了。"

有时他会气急败坏地催稿，被催逼的人当然是他信得过的作家，挨骂的当然多为他的老朋友。弗兰克·苏里梵（Frank Sullivan）收到过这样的信："我没办法不力请你写篇东西。如果你不写，你就是个小杂种。"这样的信苏里梵不只收到一次，还有一次罗斯用大写字母写道："该死的，写点东西来！"挨骂的收信人如果要安慰自己，他就该想到，罗斯是不会用大写字母给缺乏才能的作家写信的。

罗斯健康状况长期欠佳，他曾经写信给怀特说，自己的身体比战火中的南斯拉夫还要破烂不堪。战争期间，很多编辑和内部作家去军中服务，杂志的工作量数倍增加，他一个星期必须七天都坐在办公桌前。特别难耐的时候，他甚至想把周刊改为一个月出两期。可是他还是坚持下来了。这种坚持，是出于他对自己这份工作的爱，他离不开、放不下这份工作。这大概是他自己都没有办法的事。

别人也许会奇怪，罗斯怎么从来没有想自己成为一个作家？这样的问题也许很难说清楚，可是对于一个酷爱编辑工作的人来说，他可能会感觉到，要做好他爱的这份工作，需要付出差不多全部的时间和精力，即使他是一个编辑天才。"工作"是一个很普通的词，比不上"事业"好听，可是它能表示出更真实、更踏实的状态和过程，也能更可靠地通向“事业”。

发现、理解和欣赏作家的好，是编辑的职业要求，也是一种并非轻易就可获得的能力。罗斯在这方面实有过人之处，而且就是对手杂志上的好文章，他也毫不掩饰自己的喜欢和看重。一九四〇年，怀特在《哈泼斯》上撰文论自由的意义，罗斯写信给他：“我认为这篇东西又漂亮又简洁，大概是我这几年读到的最有感染力的文章，这样的自由确实值得林肯和其他一些人物为之奋斗。”

《纽约客》曾用一整期的篇幅刊登约翰·赫赛（John Hersey）的长文，叙述广岛遭受原子弹轰毁的情形。罗斯写信给赫赛道：“那些家伙说什么‘广岛’只不过是这一年的一个事件而已，太低估它了。毫无疑问它是我这个时代——如果不能说是所有时代——的最重要的新闻事件。我还从来没听说过这样的事情。”

罗斯知道自己的价值，只不过他不一定把它说出来，期望从别人那里获得对自己的印证。他不在乎别人怎么猜想他怎么评价他，他在乎的是杂志上刊出好作品。他偶尔谈及自己时，通常不会谈自己做的事情有什么意义，而只是简单地说说自己做了些什么事情。他只受过中学教育，年纪很小就在盐湖城一家报纸当采访员；后来去加州，在几家报社做记者；再后来，成为美国陆军《星条报》的编辑，一战后又当过几个杂志的编辑。这样就到了一九二五年二月，他创办了《纽约客》。一九三四年，他在给格鲁也斯·威廉姆斯（Gluyas Williams）的信中说：“我受雇于《纽约客》……主要是作为一个出主意的人。我就是这样看待自己的，不管怎么说，我认为我对杂志的首要价值就是这个。”

一九二〇到一九三三年是美国历史上的禁酒时期，这一时期的中间，罗斯在杂志社附近的地下室开办了个秘密售酒的办公室同人沙龙，一天，有人走进去，撞见杂志的漫画家彼德·阿努（Peter Arno）和专栏编辑劳艾斯·朗（Lois Long），赤身裸体地躺在一张沙发上。朗后来说："阿努和我那时候已经结婚了吧；我想不起来了，可能是我们先喝了酒，喝着喝着就忘了我们已经结婚，有自己的住处可去。"这是一个关于"遗忘"的有趣故事，罗斯若是有知许多年以后的情形，当会感到欣慰：还有人、有历史记得他，《纽约客》的哈罗德·罗斯。

二〇〇〇年五月六日

献给爱丽丝的挽歌

英国著名小说家爱丽丝·默多克（Iris Murdoch）晚年患早老性痴呆病（Alzheimer's disease），她的丈夫积年累月地服侍她，穿衣脱衣，喂饭洗澡，不离身侧。她如果看不见他，就会产生恐惧。年轻时这一对夫妇在彼埃罗（Piero della Francesca）的湿壁画前流连不去，老来丈夫却只能陪着妻子待在家里一天又一天地看某档电视少儿节目，因为爱丽丝脑力日失，不可能去理解更复杂的东西了。今年二月，爱丽丝去世，两人从此生死相隔，却都总算从疾病的困扰中解脱了出来。

爱丽丝一生创作小说二十余部，是本世纪英国最重要的作家之一；同时她还是个哲学家。可是她不像哲学家那样写哲学，也不像小说家那样写小说，哲学与小说常常编织在一起，纯粹主义者可能看不惯，却无法降低她写作的重要性。她丈夫约翰·贝理（John Bayley）也非等闲之辈，是牛津有名的莎士比亚和托尔斯泰研究专家，堪称一代学术宗师。两人结婚四十多年，共同创造出一种不同一般的婚姻生活类型，用英美报刊上的话来说，他们的故事，扩大了我们对于爱的想象空间。在照料妻子所余的不多一点属于自己的时间里——通常是在早晨，爱丽丝还躺在他身边安睡——贝理动笔写作回忆录，昔日的情境和当下的现实交相出现在他笔下，很难说贝理不是通过写作行为所唤起的深情记忆，来对抗眼前命运的残酷捉弄。这本回忆录名为《献给爱丽丝的挽歌》（*Elegy for Iris*，275pp. New York：St. Martin's Press），出版后颇获好评，一时打动不少读者。前些日子读到李欧梵一篇短文，他说贝理的文字在脑海中“绕梁三月”，读到感动处有热泪盈眶的感觉，顿时想到“地老天荒不了情”的句子。另有消息说好莱坞正根据贝理的书改编拍摄电影，茱迪·丹奇（Judi Dench）将饰演爱丽丝。

贝理和爱丽丝相识于一九五四年，那时她三十出头，是牛津的哲学教师；他还不到三十岁，是英文系的新人。爱丽丝骑着一辆旧自行车，沿路而过，浑然不觉有人在看她。那是贝理第一次见到她，立即就坠入情网。他写道：“可能我爱上了她，”——其实当时的情形根本就无需“可能”这个词——“这当然是一种天真的爱。”这句话隐含的一个意思是，他所渴望和追求的是那种人类返回童年时代的伊甸园式的爱。所以他接下去写道，“我沉浸于刹那间的狂想之中，觉得从来没有任何事情发生在她身上：她只是骑着自行车，等着我走上去。她既没有过去，也没有未知的现在。”

在这种近乎神秘的幻想中，爱丽丝仿佛是一个“非时间性”的神。许多年后，“非时间性”却变成了命运的诅咒：在一个早老性痴呆病患者那里，过去和未来都坍塌了，脑海里永远都只能是一种混合着茫然的空白和莫名的焦虑的瞬间状态。

可是，爱丽丝身上不可能什么事都不发生，她不可能没有他所不了解的部分。一开始贝理不知怎么会产生这么一个奇怪的看法，他认为爱丽丝对别人不会有很大的吸引力，除了对他一人之外。“我为她普通的相貌而心动，那些日子里我以为这相貌全然缺乏性吸引力……既然没有显眼的女性魅力，她也就不像是会吸引其他男人的人。”不久他就知道自己大错特错了。爱丽丝不仅和学院里的女教师们关系亲密，而且还有为数不少的异性情人，过去有，现在也有。让贝理深感苦恼的是，有的还是他的熟人，还有的是些神秘的外国人。

爱丽丝始终保持她自己独立的私人生活，和她结婚的人必须明白这一点。这不是一件容易的事，贝理却能够站起来迎接挑战。“最初的时候，我总是以为，表现出嫉妒会显得很粗俗，再说我也没有这样做的权利；可是一旦她察觉了它的存在，就会以她和我在一起时的那个‘自我’去抚平它，我马上就明白，她的这个‘自我’与她和别人相处时的那个人一点儿也不一样。”后来漫长岁月的生活似乎更加清晰地表明，“占有”在他们之间的关系中没有地位，贝理拥有爱丽丝与他相关的那一部分，而把她其余的部分留给她自己，留给她的工作，留给这个世界。

两人相识三年后结婚，婚后一直融洽。贝理说之所以能够如此，是因为两个人都天真单纯，不谙世故。这一对夫妇都对时尚没有兴趣，穿着随便，有时候甚至称得上糟糕，住的房子年久失修，做家务的能力都很差，可是他们能安然自得，看上去是得过且过，其实轻松自然，不为外物所御所累，这一点上两个人彼此欣赏，彼此感到愉悦。他们很少会想到要让世界顺从自己的意志，虽然两个人都成就不凡，却很难说他们有什么出人头地的愿望，甚至说不上有我们通常所谓的事业心。他们有一个花园，一时兴起种植了玫瑰，尔后再也不去费心管理，很多玫瑰都死了，朋友戏称这座花园成了玫瑰的集中营。贝理却颇为自得荒废的花园倒还有活着的玫瑰，还说什么花瓣透明如纱，芳香浓烈似酒。

两人关系中最令人称奇的是各自保持、彼此尊重的美妙的“孤独”，贝理这样写道：

> 我享受着婚姻中的孤独，并以为，爱丽丝也这样看，这有点儿像自己一个人散步，同时却知道，明天，或者过一会儿，就会和另一个人一起分享，当然也很可能明天或者过一会儿，还是一个人独自散步。这还是一种并不排斥婚姻之外的任何事情的孤独，反倒把感觉磨得更加敏锐，去感受与外面的事和人的亲密的可能性。

这不禁让人联想到里尔克的话，他在一封信中说，他不想失去他的孤独，却想把它交到良善的手里，这样，“至少我能够体会到孤独的某种连续性，而不用像一条叼着偷来的骨头的狗，在叫喊喧闹声中被追赶得四处乱跑”。

“交流”一向被视为婚姻生活的法宝，需要认真对待，马虎不得；这一对牛津夫妇的交流却往往付之以玩笑的形式或片言只语，对于不能形之于言的部分有时或能心领神会，也有时不能理解却也不强求自己或对方理解。不刻意交流，而且在生活中为不能交流的部分保留出宽阔的自由空间。贝理承认，在他们关系的早期，他对爱丽丝"知道"的越多，就越不能"明白"她，所以很快他就放弃了要去彻底"明白"她的想法，却也并不因此而生烦恼。爱丽丝拥有一个巨大、丰富和复杂的内心世界，在贝理看来反而是让他快乐和庆幸的事。有一次他们一起在意大利的托斯卡纳看彼埃罗的《耶稣复活》，贝理写道：

> 这幅画迷住了爱丽丝。关于它，我们谈了许多，可是不论我们谈得多么多，我都清楚，它留给她的真正印象潜隐在言语的下面，就像冰山潜隐在水面之下。神自身的力量和存在的神秘强力驱使着他走出坟墓，这一形象未来将会激发出她自己丰富的想象和创造。

这一对夫妇有一项多年不变的显著爱好，就是相伴游泳。他们最常光顾的地方是牛津附近的一条河流，贝理回忆录的开头就描写了他们第一次去游泳的情景，不乏令人莞尔的笔墨。晚年遭逢病困，自然断了这一习惯。不过，回忆会把往日的情景拉到眼前，把眼前的生活照亮；在想象的河流里，爱丽丝和贝理还依然能够游泳——

> 坐在床上，身旁的爱丽丝确实睡着了，轻轻打着鼾。这样的平和真是美妙。我自己也再次迷迷糊糊起来，感觉像是顺河漂流，还眼看着从房屋里，从我们的生活里来的

废弃之物——有好的，也有坏的——在幽暗的河水里慢慢下沉，直到消失在深处。爱丽丝静静地在我身边漂流和游动。水面下，河草和大的枝叶摇曳，伸展。蓝蜻蜓在河岸边飞来飞去，盘旋悬停。突然，一只鱼狗一掠而过。

一九九九年六月二十四日

“不论我说什么，我都崇爱着她”

《万象》一卷六期介绍约翰·贝理写的《献给爱丽丝的挽歌》，以情深意切却绝不流于伤感的笔墨，描述妻子爱丽丝·默多克患早老性痴呆病而日益丧失脑力的不幸过程，打动诸多读者。除了我这篇短文外，同期《万象》董桥先生的一组随笔，也有一段文字推崇此书：“这部新书以忏悔录心情写浮生求知的半世缘，竟有小说的景观，露随笔的体贴，带哲学的苍凉，具史诗的魂魄。我翻遍全书，深深感染到他们两人毫无修饰的诚信和没有伤感的胸怀。尊严本该是这样高贵和圆通。‘Happiness was but the occasional episode in a general drama of pain ’：《爱丽丝》却已经修成忘忧和无痛的正果，弃 Thomas Hardy 于百步之外。”

贝理此书一九九九年一月出版，赢得广泛的赞誉。其时爱丽丝已经发展到连丈夫也认不出的地步，年初不得已送往看护院，二月八日即告去世。贝理感到自己还有话要说，又受到《爱丽丝》成功的鼓励，很快就续出一书，题为《爱丽丝和她的朋友们》(*Iris And Her Friends*，275pp. New York：W. W. Norton & Company)，其中有限的文字叙述了爱丽丝最后一些日子的情形。

这第二本书采取了和第一本差不多相同的叙述方式，由贝理大量的回忆构成，这些回忆大多是他在早晨或深夜，躺在孩子似的妻子身边所唤起的。在第一本书里，他告诉读者的是如何和爱丽丝相遇，恋爱，结婚；而这本新书讲的却是，他自己早年的生活，他被征入伍的战时经历，他最初的性激动，他一步一步踏上文艺灵地的台阶最终成为牛津圣凯瑟林学院的声名卓著的教授。这本书坦率真诚地勾勒出了一幅不理世物、献身学术的自画像。这样一来，在第一本回忆录里占据舞台中心的爱丽丝就很少着墨了，而读者，特别是因读了第一本书又来读其续作的读者，他们的阅读期待就不免要落空。他们大多本来想知道更多爱丽丝·默多克的故事，他们似乎对牛津的女哲学家和获布克奖的小说家，比对牛津的文学教授更感兴趣。其实是贝理自己用第一本书唤起和培养了公众读者的阅读期待，然后又用第二本书违犯了它，以致不得不遭受读者的挖苦：有人说，这本书题目叫作《贝理和他的朋友们》更合适。

贝理一边讲他的故事，一边引经据典，从帕斯卡，哈代，密尔顿，阿里奥斯托，凯斯特勒，贝杰曼到莎士比亚，陀思妥耶夫斯基，柯勒律治，雪莱，歌德和康拉德。他们出现在贝理的笔下，自然而贴切，可是一般的读者却觉得头昏眼花，无法消受。气恼之余，又给贝理一个挖苦：说这就好像是把很多璀璨的宝石，缀到了质量差强人意的衣物上；不过话又说回来，也许贝理在丧失亲人的伤痛中，特别需要从这些经典中寻求慰籍。

现在的读者，经多识广，口味挑剔。他们把第一本《爱丽丝》

许为杰作，而责备同一个作者的第二本书不能完全控制感情。要在读者和作者之间取一个公正的立场恐怕是不容易的，读者有读者的要求，作者也有作者的隐衷、苦痛和表达的欲望。贝理写道：“现在爱丽丝已经离去，或者说还正在离去，我没有什么好在乎的了。关于她，关于其他任何事情，不管我写了什么，说了什么，都无所谓。我自己知道，不论我说什么，我都崇爱着她。”

一九九九年十一月七日

爱情、艳遇和世界

翻开米兰·昆德拉的《身份》的新译本，我又重新读了一遍熟悉的章节和段落。两年前读的是孟湄的译本，她把小说的名字译成《认》；眼前则是上海译文出版社的新书，董强的译笔。

尚塔尔为身体的衰老而伤心——“男人们不再回头看我了。”她的情人再怎么爱她，再怎么说她美，也没有用，爱情的目光安慰不了她。

为什么呢？

先看看什么是爱情的目光吧。爱情的目光是把一个人从一群人当中挑选出来的目光，是把一个人从纷繁的世界中分离出来的目光。换句话说，爱情，使相爱的人与他们之外的世界隔绝。

现在，敏感到“身体渐进的熄灭过程已经开始”的尚塔尔，需要的不是爱情的目光，“而是陌生人的、粗鲁的、淫荡的眼光的淹没，这些眼光毫无善意、毫无选择、毫无温柔也毫无礼貌，不可逃脱、不可回避地投注到她身上。正是这种目光将她保持在人的社会群体中，而爱情的目光则将她从中拉出来”。

也许是，人们需要爱情，是因为需要从社会和世界中脱离出来；而爱情不能持久，是因为人们不能一直与社会和世界隔绝。人更需要爱情，还是更需要世界？人更需要一个唯一的人，还是人的群体？

很多年前，尚塔尔在即将成人之际，想象自己是四处扩散的玫瑰香，征服四方。“她希望就这样穿透所有男人，并通过男人，去拥抱整个世界。玫瑰四处扩散的香味：那是对艳遇的隐喻。”

可是，爱情让她满足，让她觉得宁静而幸福，让她觉得不需要世界。“她因自己毫无艳遇而高兴。艳遇是一种拥抱世界的方式。她不再希望拥抱世界。她不再去想这个世界。”她对自己说，她对情人的爱是一种异端行为，是对人类共同体不成文的法令的违背，而她正远离着这一人类共同体。

而终于有一天，当她发现“男人们不再回头看我了”，她想到了这个世界，想到了少女时代关于艳遇的玫瑰香的隐喻。

爱情和艳遇就是这样不同：爱情是一种脱离世界的方式，艳遇是一种拥抱世界的方式。爱情是封闭的，它背对世界；艳遇是敞开的，它通向世界。爱情是对唯一的不断确认，艳遇是对可能的想象和追求。它们和世界之间的关系是如此相背。

为什么人需要爱情，而且还需要从爱情中挣脱出来？为什么有爱情，还有艳遇？爱情能够变成艳遇吗？艳遇会变成爱情吗？艳遇变成爱情是对艳遇的背叛吗？

这些不能一口说死的问题，如果从人与世界的关系来看，会看出点意思来。《身份》有意思的地方当然不只这一点，只是我就想说这一点。换一个读者，对这一点或许就不以为然了——你完全可以不理会尚塔尔的感受，跟昆德拉这老头抬杠。

二〇〇三年四月十二日

简单说《无知》

米兰·昆德拉一九七五年来到法国，现在已经快三十年了。这么长的时间，一个流亡者和故乡之间的关系，会逐渐产生什么样的变化？譬如说，当你可以自由地返回祖国的时候，你还是以前那样的“流亡者”吗？更为现实的是，当你可以回归故乡的时候，你自己还想回去吗？还回得去吗？

回归故乡的冲动和愿望，也许从来就不是单个人的自我决定和选择，祖先的记忆和文化的传统里早就埋下了这种冲动和愿望的种子，它会在不同时代不同情境中的个人的心中破土生长。昆德拉深知这粒种子的神奇魔力，他的小说《无知》（许钧译，上海译文出版社，二〇〇四年七月版）就是从探讨这种回归的神奇魔力开始的。他的探讨其实是置疑。古希腊文化黎明时期的伟大史诗《奥德赛》是表现这种神奇魔力的奠基性作品，尤利西斯是有史以来最伟大的思乡者，他参加战争十年，然后又用十年时间才回到故乡伊塔克。昆德拉说，二十年里，尤利西斯一心想着回故乡；可一回到家，在惊诧中他突然明白，他的生命，他的生命之精华、重心、财富，其实并不在伊塔克，而是存在于他二十年的漂泊之中。这笔财富，他已然失去——这是昆德拉的看法。

也许还不能说《无知》是“反《奥德赛》”的作品，但昆德拉确实是在怀疑和瓦解回归故乡的古老冲动和愿望。他的主人公，离开捷克二十年，伊莱娜生活在法国，约瑟夫生活在丹麦，他们返回捷克，就等于是要把这二十年已经建立起来的生活从生命的肢体上截去。为什么会有这样的恐惧呢？小说重笔写了这样一个场景：伊莱娜回到故乡后，在一家餐馆订了个包间，请过去的朋友。她还特意带了一箱波尔多葡萄酒。可是这些朋友习惯地喝起啤酒，她们举杯相碰，为归来的伊莱娜干杯。伊莱娜抿了一小口啤酒，心想：她们拒绝了她的葡萄酒，也就是拒绝了她本人。“其实，这正是她要赌的：赌她们是否接受重新归来的她……她想尽一切努力，要让她们接受她，连同她二十年的经历、她的信仰，还有她的思想。成败在此一举：要么以现在的样子成功地融入她们中间，要么就不能留在这里生活。她组织了这个聚会，作为自己攻势的第一步。她们非要喝啤酒，那就让她们喝啤酒好了……”

约瑟夫回到捷克，他听着自己的母语，觉得是在听一门陌生的语言，尽管他听得懂每一个词，可是声调变了，音色变了。变化了的声调和音色，完全不能唤起一个流亡者对祖国语言的依恋。讽刺的是，他在偶然相遇的伊莱娜那里获得了语言的安慰：伊莱娜说了句粗话，昆德拉接下来的描述是：“这真是出乎意料！令人陶醉！二十年来，他第一次听到这些捷克粗话，他顿时兴奋不已，自从离开祖国后，从来没有这么兴奋过，因为这些粗话、脏话、下流话只有在母语（捷克语）中才能对他产生影响，而正是通过这门语言，从其根源深处，向他涌来一代又一代捷克人的激情。在这之前，他们甚至都没有拥抱过。但此时，他们兴奋异常，在短短的数十秒时间内，便开始做爱了。”

《无知》集中写出了纠缠着昆德拉的与故乡之间的关系问题。这个问题，纠缠了他很久。在《被背叛的遗嘱》里，他曾经做过“移民生活的算术”，计算的都是没有回归祖国的作家和艺术家的移民岁月，这些人是：约瑟夫·康拉德、博许斯拉夫·马蒂努、贡布罗维奇、纳博科夫、卡齐米日·布兰迪斯。他说，移民生活的困难是他们总在受着思乡痛苦的煎熬，然而更糟糕的还是陌生化的痛苦：曾经十分亲近的东西变得日渐陌生，就像他多年之后写《无知》里约瑟夫对捷克语的感觉。在《被背叛的遗嘱》里他就说，只有在长期的游子生涯之后的回归故乡才能揭示出世界与存在的实实在在的奇异。那也许就是对《无知》的预告。

但是，仅仅从流亡者或移民的角度来探究移民与故乡之间的关系，也许可能会产生不那么公平的结论。譬如说，伊莱娜的那些朋友们为什么就不能和日常生活中一样地粗俗地喝啤酒，而非要有修养地喝高贵的法国葡萄酒呢？捷克语的声调和音色经过二十年而产生变化，难道不是可以理解的？如果不能跳出自我中心的狭小格局，视野里呈现的人与事，以及据此立论的评说，也就不一定让人信服，虽然昆德拉是个极具说服力的作家。

二〇〇四年七月二十日

明信片、电影、小说

好几年前，朋友去德国，回来送我一张明信片，上面有个凸起的塑料盒，里面放了一块小小的石头。这是推倒柏林墙的纪念，小石块据说就采自倒塌的柏林墙。我的反应一直说不清楚，世界历史的标志性事件，和小小的旅游纪念品，它们是一回事？两回事？

看《再见，列宁》这部电影，我的感受也说不清楚。我想，一个中国人看这部电影，反应恐怕不会是简单的，尤其是年龄比我还大一点的人，感触更要深切而复杂。

电影讲的是一位母亲在一九八九年民主德国成立四十周年庆祝活动期间，目睹抗议游行队伍与警察的暴力冲突而突发心脏病陷入昏迷状态，八个月后，她奇迹般地醒来，东德西德已经统一。她是社会主义民主德国的信徒，用她儿子的话说，她嫁给了这个国家。医生认为她经不起任何打击，不能有情绪上的激动；她的儿子于是就开始向母亲编造谎言：民主德国依然存在而且愈发完善，甚至联邦德国的人民都逃到这边来了。

要维持这个谎言，意味着要在举世的迅速巨变中，独自营造一个不变的、即使变也要按照原来的规则和逻辑发生变化的小世界。儿子所以这样一意孤行地做，从人伦上讲，是出于对母亲的感情。但是否有更为隐蔽和复杂、连他自己也未必全然了解的精神上的原因呢？影片结尾，母亲安详地死去，儿子想说的是，母亲是和那段历史中的国家联系在一起的，他对母亲的感情，也就和对那个国家的感情联系在一起。

电影不乏喜剧因素和戏剧化情境，这也许是个办法：当我们面对重大的历史、实践、思想和感情问题的时候，重大到无法表达的时候，喜剧因素和戏剧化情境也许多少可以化解尴尬，多少帮我们一点忙。但问题并没有真正解决。

二十世纪的历史变化太大了，社会主义实践是其中最重要的部分之一。一九六六年，法国导演克劳德·勒鲁什（Claude Lelouch）的电影《男欢女爱》的男主角问女主角住在哪里，女的说了巴黎的一条街名，男的说不知道，女的就告诉他，一次世界大战期间有个画家住在那里，他雇了个俄国仆人，名叫弗拉基米尔·伊里奇·乌里扬诺夫，一年以后，他变成了列宁。法国人可以轻松幽默插曲式地谈论列宁的出现，东德人要和列宁再见，情形就太不一样了。这几天读阎连科的“狂想式”长篇小说《受活》，写一个县长用上百个残疾人组成的“绝术团”巡回演出赚钱，建起“列宁纪念堂”，并要去遥远的俄罗斯把列宁的遗体买回来安放其中，以此吸引旅游发展经济，实现天堂之梦。匪夷所思，梦魇一般，却又具有现实的穿透力。拉杂谈到这些，不是没话找话，而是，对于中国人来说，这部电影能够引起的联想和感受太多，竟是无从说起。

朋友送我的那张明信片放在书架上，时间一长，落了一层灰；擦去，又再落一层。我没有保存这一类东西的习惯，却一直没把它扔掉，看着它有些脏了，有些旧了。去年搬到新家，一天猛然想起，却无论如何找不到。结果我还是把它弄丢了。

二〇〇四年二月十五日

为什么凝望星空觉得美好

鹅妈妈童谣

英国小孩子很“坏”。他们玩得正起劲的时候，天降大雨，不禁十分懊恼，就对雨说：“雨呀，雨呀，下到西班牙去!”要是被西班牙小孩子听到了，不知会不会就此争吵起来。小孩子的“坏”，就是这样可爱、有趣、生意盎然。

这转嫁危机的话出自鹅妈妈童谣，大概被一代又一代的英国小孩子念叨了很多年。鹅妈妈（Mother Goose）是英国民间童谣集*Mother Goose's Melodies*（一七六五年?）想象中的作者，据《新知识英汉辞典》介绍，前台湾大学外文系教授赵丽莲博士自称“鹅妈妈”，开设“鹅妈妈英语教室”，名称即由此而来。这些民间童谣在英国流传时间相当久远，有的长达数百年，其总数约八百多首，有故事、字母歌、唱游、绕口令等等。英国人称其为 nursery rhymes（儿歌），美国人称为 Mother Goose songs（鹅妈妈歌），在英语圈子里长大的人，从小就耳熟能详。

我在朋友那里看到大大厚厚的一本，借来翻阅，觉得非常好玩，就译出来几首。但这种生动、活泼、口语化的歌谣，译出来后味道变了多少，是可以疑问的。即便如此，仍然很好玩，所以仍然译了。比如下面一首——

猫咪，猫咪

猫咪，猫咪，你到哪里闲逛？
我到伦敦见了女王。
猫咪，猫咪，你在那里干啥？
我把桌子底下的小老鼠吓傻。

再如——

吹笛人的儿子叫汤姆

吹笛人的儿子叫汤姆，
偷猪逃跑不择路。
吃了猪，挨了打，
汤姆在大街上呜呜哭。

这些童谣中的大部分，要说有什么意思，是说不大上的。我记起小时候常挂在嘴上的一首，大致也是这一类的："一二三四五，上山打老虎；老虎没打着，累得呜呜哭。"还有一首，直到今天我家乡的小孩子还常常念叨："肚子疼，找老宋。老宋不在家，去找二五八。二五八，别炕叉，一叉两叉叉好了。"也正是因为不讲究有什么特别的意思，才显出特别好玩；可是要说纯粹是为了磨嘴皮子的，恐怕也未必。再看两首——

法国国王

法国国王爬上山，
两万个人跟后面；
法国国王下了山，
再也不想爬二遍。

如果希望是骏马

如果希望是骏马，
乞丐也能骑上它。
如果怀表就是大头菜，
我身上也能挂一块。
如果“如果”一个又一个，
都是深锅和浅锅，
补锅匠可就没事做！

其中不少一些，不是从小孩子嘴里说出来的，而是大人在“哄”孩子的时候，自然而然地哼、吟、唱出来的。比如我们可以设想这样一个情景：孩子坐在大人膝上，膝颠如马跑，节奏不断变换，开始轻快飞驰，随后迟缓蹒跚，最后停下不动。有一首就是伴着这个情景的——

小格温旅行记

亲爱的小格温，听我说话有精神，
我们到了五月里，一路飞奔去伦敦。
唉！现在天冷水成冰，路颠人难行，
我的小宝贝，还是待在家里顶聪明。

我曾经把童谣集中的一首背给一个小学生听，不料被她斥责为不可能、很荒唐、没意义。是不是我们的老师教给孩子的都是可能的、正常的、有意义的，而且对不这样的就要排斥？我背的是这样一首——

老婆婆坐在篮子里往天上飘

老婆婆坐在篮子里往天上飘，
飘到月亮的十七倍那么高；
谁也不知道她要往哪里去，
只看见她挟着一只大扫帚。

“老婆婆，老婆婆，”我一声声把她叫，
“你要到哪里呀，飘得那么高？”
“我去扫掉天上的蜘蛛网，
一会儿就下来陪宝宝。”

有一些也真能够说出点意思来，即使是这样的，也往往不说出来更好，而且有的说出来小孩子也不懂，主要是，不必去懂。看这一首，只有两行——

缝衣针大头针

缝衣针大头针，缝衣针大头针，
麻烦事儿来，只要你结婚。

这些民间童谣，传达着一种特别的质朴韵味和健康气息，虽然在现今的时代遥不可及，像久远的过去那样遥不可及，可是不由得让人生出特别的迷恋——

我爱六便士

我爱六便士，快快乐乐六便士，
我爱六便士就像爱我生活的日子；
我花掉一便士，我花掉一便士，
我又把一便士带回家给我的妻子。

我爱四便士，快快乐乐四便士，
我爱四便士就像爱我生活的日子；
我花掉两便士，我花掉两便士，
我把剩下的两便士带回家给我的妻子。

我爱一无所有，快快乐乐一无所有，

我爱一无所有就像爱我生活的日子；
我没有什么花了，我没有什么花了，
我把一无所有带回家给我的妻子。

一九九七年一月二十三日

打开丛林这部书

一九〇七年，鲁·吉卜林（Rudyard Kipling）到瑞典斯德哥尔摩去领诺贝尔文学奖，瑞典人看到他时，感到非常惊讶——或者也可以说，有点失望。他们看到的是一位瘦小的英国人，留着小胡子，戴着眼镜，镜片后面是一双友善的眼睛。

瑞典人本来以为，他们翘首以待的这位作家，应该和他所写的那个在丛林里、在动物中间长大的狼孩毛格利是一个模样，还应该带着棕熊巴鲁、黑豹巴赫拉，甚至还有四个狼兄弟一起出席颁奖典礼。当时有一个记者做了这样的报道："当人们发现吉卜林和其他人一样，穿黑西装，打白领带时，立即就引起了阵阵的窃窃私语。"他用这样一个句子表达了吉卜林的读者为他们喜爱的作家设计的形象，"啊，真希望他手里抓着一条蛇！"

总之，他们希望吉卜林把他在《丛林之书》（*The Jungle Book*）、《丛林之书二集》（*The Second Jungle Book*）以及所有其他作品里写到的一切，都搬到斯德哥尔摩的颁奖台上去。

他的作品深受儿童的喜爱应该是他特别感动的事。斯德哥尔摩附近各小学的儿童们组成了一个代表队，到他住的酒店向他致敬。一个小女孩竟然用英文发表了一篇十分流利的演讲——大概是老师事先写好，她好不容易背下来的。孩子们还为他合唱了《家，甜蜜的家》（*Home*，*Sweet Home*）和瑞典国歌。一位小朋友向他要一本英文的《丛林之书》，回到英国后，他立即寄出了这本书，并在书上写着："向小朋友做的许诺必须兑现。"

有一个美国小朋友，名叫 Nelson Doubleday，非常喜欢吉卜林写的故事。一天他在杂志上读到吉卜林讲鲸鱼的一篇故事，又激动又觉得不过瘾，就跑去对做出版商的爸爸说："如果我写信给吉卜林先生，让他再写一些同类的故事，你可不可以出一本书呢?"他爸爸答应考虑这个计划，嘱咐他信要写得认真仔细。他就用学童的语言，在信里建议吉卜林再写一些动物故事，比如，豹子身上为什么有斑点呀，大象怎么长了个长鼻子呀，鳄鱼如何……，等等等等。他写好了信，又对爸爸说："爸爸，如果你出版这本书，我是不是该得到一定的版税？因为出书的主意是我建议的。"他爸爸慷慨地说，如果书写好并出版了，卖掉一册就付给他一分钱。他又要求爸爸先预付五分钱的版税，因为把信寄到英国去要贴五分钱的邮票。这本书后来果真出版了，而且成了一本非常受欢迎的儿童读物，叫《正是如此故事集》（*Just So Stories*），小朋友从他爸爸那里得到了他那一份版税，当然他得先用版税偿还邮资。

吉卜林在美国写完《丛林之书》后不久，这个小朋友就和吉卜林非常熟悉了，吉卜林在纽约城的宾馆里生病的时候，他还特意把家里做的汤送给吉卜林喝。小朋友很久以后还记得，吉卜林康复后和马克·吐温到他家里吃晚餐的情景。他更难忘的是，顽皮的吉卜林经常教唆他从学习室里逃出来，正好园丁把梯子放在了窗口。吉卜林叔叔躲在离屋子有一段距离的干草堆后面，两个人碰头后，就一起去钓鱼，猎兔子，有时仅仅是在田野里长途漫步。

我们没有福气和吉卜林成为朋友，所幸的是我们还可以从字面上了解他。

吉卜林一八六五年出生于印度孟买，他父亲当时在孟买艺术学校担任建筑雕塑学教授，后来写过一本很有意思的书，叫《印度的动物和人》(*Beast and Man in India*)，自己配了精美的插图。后来吉卜林出版《丛林之书》，第一版里就有他父亲的九幅插图。吉卜林在印度度过了美好的幼年，可是到一八七一年，还不满六岁，就和妹妹一起被送回英国寄养，过了五年很不愉快的日子，从《咩，咩，黑山羊》(*Baa, Baa, Black Sheep*) 这篇小说里可以明显看出那段生活在他心灵上留下的伤痕和暗影。吉卜林中学毕业以后，离开英国，回到印度，逐渐开始文学创作，慢慢产生影响。实际上他在中学的时候就开始写诗，并自费印了一本诗集，叫《学童抒情诗》(*Schoolboy Lyrics*)，大约印了五十本，分赠亲友。到一九三六年在伦敦去世时，吉卜林留下了大量的作品，包括诗、长篇小说、短篇小说、历史故事、散文随笔、回忆录，等等。其中最受推崇的儿童文学作品除了《丛林之书》、《丛林之书二集》、《正是如此故事集》之外，还有《勇敢的船长》(*Captains Courageous*)、《普克山的帕克》(*Puck of Pook's Hill*)、《奖赏和仙人》等。后两本是系列的历史故事集，是吉卜林为孩子们，尤其是他自己的儿子、女儿而写的。

两本《丛林之书》于一八九四年和一八九五年相继出版，成为他最著名的动物故事集。这两本书一共包括十五个故事，一百年来不知为多少个国家的多少少年儿童带来过多少的乐趣，激发起多么宝贵的想象力。我们上面刚刚还提到过，那个美国小朋友记得吉卜林和马克·吐温到他家进晚餐的情景，就是这位马克·吐温，曾经说："我了解吉卜林的书，……它们对于我从来不会变得苍白，它们保持着缤纷的色彩；它们永远是新鲜的。"

不是为了验证马克·吐温的话，不是为了去重复诸多作家、诗人及各类著名人物（W. H. 奥登、T. S. 艾略特、乔治·奥维尔、葛兰西、博尔赫斯，等等）在吉卜林作品里获得的各类体验，只是为了我们自己的乐趣，只是为了我们自己去感受吉卜林所创造的动物世界的魅力，为了我们自己的童年、少年、青年，为了我们自己在成年和老年时重新回忆起童年、少年、青年，请打开——丛林——这部无穷的书。

一九九七年三月三十一日

《杨柳风》

河鼠的思想够保守的，现在谁还会接受这样的思想呢？河鼠先生说：“在河边、在河上、在河里，与河在一起，河是我的兄弟姐妹，是我的阿姨我的伙伴，河是我吃喝的来源，自然也是我洗东西的地方。对我来说，河就是整个世界，除此我别无他求，河所没有的不值得有，河所不知道的不值得了解。”

我们谁有勇气这样说话呢？为了表示我们不安于现状，我们通常是像河鼠受到“蛊惑”时才感觉到的那样，满怀骚动，觉得“未曾看见的才是一切，未曾知晓的才是真正的生活”。生活在别处，能打动多少人的心。《杨柳风》的第九章，“皆是远游人”，海鼠把航海生活叙述得淋漓尽致，足以使从未出过远门的河鼠心醉神迷。我们读者也被肯尼斯·格雷厄姆的描述迷醉了。

迷醉的经验毕竟不可能同生活本身一样持久。河鼠忠诚于日夜流淌不息的老河，一如对生活和家园的忠诚。鼹鼠在春天里离开地底下的家，出去漫游世界，乐而忘返，有一天突然听到无声的召唤。“正是某种来自虚空的召唤震动了黑暗中的鼹鼠，使他激动不已，虽然他还不清楚那是什么。他呆呆地停在原地，用鼻子东嗅西闻，想找到地里使他深深感动的、纤细的电流。”“家！是家在召唤！原来一路上那些亲切的召唤，温柔的触摸，那些看不见的小手拉拉扯扯，是家在召唤。”鼹鼠自从那个明媚的早晨离开家以后，完全沉浸在欢乐、惊奇、新鲜而又富有魅力的经验中，再也没有想起过家。可是家的“气味”提醒了他，使他非回去不可。

《杨柳风》这部经典童话出版于一九〇八年，它写的只是几个动物的生活，除了蛤蟆之外，连故事也说不大上，可它却是引人入胜而且令人产生深刻感动的。优雅、诗意、田园风，说起来都不免觉得有些表面化。春天来了，夏天来了，冬天来了，平平常常的季节轮换，在作者笔下，也能透露出大自然蕴含的质朴的理念。

汽车开进了自然里，动物们惊恐的反应比人类的反应可能更正常一些，人类的反应就像动物中的例外——蛤蟆的反应：“这景象多么壮观多么刺激！简直是流动的诗篇！哦，天哪！我的天哪！”鼹鼠对蛤蟆很绝望，叫他“别像头蠢驴似的！”蛤蟆对汽车的追求大概可以代表人类社会的发展方向，蛤蟆先生的疯狂飙车其他动物不理解，人类完全可以理解。蛤蟆后来“改邪归正”了，回到了祖传的蛤蟆宫，人类社会却还不断向前、向前、向前。

俄国形式主义流派的理论家维·什克洛夫斯基在长篇散文《动物园，或不谈爱情的信札》中说：“最能把人改变的是汽车。”不仅是，“马力超过四十匹的马达，已经在摧毁着旧道德”。而且是，“速度使司机与人类相脱离”。只有逃犯和追捕逃犯才需要超过一百公里的高速度，“马达是在将人引向名副其实的犯罪”。按照人怎样对待物，物就怎样回敬人的原理，马将人变为骑兵，汽车将人变为什么呢？维·什克洛夫斯基说道："为了使汽车不致在拐弯处把人抛出生活，必须由个人掌握汽车的秘密，还需要有一种新的浪漫主义。"——这实在很有些离题了吧，谈这部美妙的童话，这部"冬天的炉边之书"，竟然谈到这样煞风景的程度，真有些罪过。

河鼠和鼹鼠见到过半人半神的"黎明门前的笛手"，经历了狂喜又恐怖、让人震惊又灿烂美好的时刻，如获得了神启，又难言其境。动物和周围环境、和有生命或无生命的东西之间的内在交流，人类是无法感知的，汽车上的人类如果遇上神境和幻象，心里也不希望所见是个吹笛人吧。

周作人说这部书"的确是二十世纪儿童（一岁到二十五岁）文学的佳作……它没有同爱丽丝那样好玩，但是另有一种诗趣"。我的朋友乔向东十九岁初读此书，从此念念不忘，同时也像鼹鼠受到某种虚空中的召唤一样心神不宁，他心目中这本"关于家园最好的书"简直搅得他寝食难安，直到后来有机会把它译出来出版。在译序中，他写道："我着手翻译时，离初次读《杨柳风》已经有七年了，仍然一如既往地深爱这优美的故事。当初很为《杨柳风》没能像《爱丽丝漫游奇境》一样在中国广为流传而深感遗憾，如今这遗憾已随时光流逝而消散，毕竟只有成长和变迁才能证实衷爱植根心灵深处，才能更多地理解心灵契合的价值。"毫无疑问的是，乔兄以后会一次又一次地引领他即将出世的孩子，和可爱的动物们共游古老的河岸。

一九九六年七月二十七日

为什么凝望星空觉得美好

小王子的星球比一幢房子大不了多少，那上面有一朵世上独一无二的花，但是小王子和他的骄傲的花闹了别扭，就离开星球四方游历。心里仍然牵挂那朵花，所以他会说："要是有个人爱上了亿万颗星星中仅有的一朵花，他望望星空就觉得幸福。他对自己说：'我的花在那儿……'"

小王子来到地球，看到有座盛开的玫瑰园，那里面有五千朵玫瑰，和他的花一样。"我以为有一朵独一无二的花，很满足，其实只是一朵普通的玫瑰花。"他伏在草地上呜呜哭了。

这时候出现了一只狐狸，狐狸告诉小王子"驯养"——也就是建立感情联系——的道理，譬如，狐狸说："你对我不过是一个男孩子，跟成千上万个男孩子毫无两样。我不需要你。你也不需要我。我对你不过是一只狐狸，跟成千上万头狐狸毫无两样。但是，你要是驯养我，咱俩就会互相需要。你对我是世上唯一的。我对你也是世上唯一的……"

小王子回头去看玫瑰花，对她们说："你们跟我的玫瑰花一点不像，你们还什么都不是，谁都没有驯养过你们，你们也没有驯养过谁。你们漂亮，但是空的，别人不会为你们去死。当然，我的那朵玫瑰花，一个普通的过路人也会以为她和你们一样。但是，单是她一朵也比你们全体都宝贵，因为我给她浇过水。因为我给她盖过罩子。因为我给她竖过屏风。因为我给她除过毛虫（留下两三条可以羽化成蝴蝶）。因为我听过她的埋怨、她的吹嘘、有时候甚至是她的沉默。因为这是我的玫瑰花。”

小王子回他的星球和他的花那里去了。

《小王子》其实是个忧伤的故事，是个包含着诸多危险的破坏因素令人担心不能释怀的故事，但是在上面的复述中，有意把忧伤和不安的因素略去了。它的作者，法国人圣－埃克苏佩里（Saint Exupery）活了四十四岁，他是个好作家，同时是个多次遭遇险境的飞行员，一九四四年战争中执行侦察飞行任务时丧生。今年六月是他百年诞辰纪念，半个多世纪以来，这部童话已经在六十多个国家出版了九十多种语言的译本，仅美国的哈考特（Harcourt）出版公司一家，每年有接近二十万册的销量。汉语翻译的《小王子》也有几种，似乎传播得都不甚广，我读过的一种收在作者的小说选《人的大地》之中，外国文学出版社一九九九年版。

《小王子》其实还是个不适合于讲给大人听的故事。这一点小王子很清楚，你不能跟大人谈蟒蛇，谈原始森林，谈星星。你得迁就他，跟他谈桥牌、高尔夫球、政治、数字和领带。你也不能把这个故事讲给正经人听，小王子就遇到过这样一位红脸先生，他从来没有嗅过一朵花，从来没有望过一颗星星，从来没有爱过一个人。除了加法以外，从来没有做过别的事情。他整天反复说：“我是个正经人！我是个正经人!”

有两个还没有变成大人的人，他们读《小王子》，他们学习“驯养”和互相“驯养”，他们学习爱和被爱，他们仰望星空，他们觉得美好。

二〇〇〇年一月十七日

“嗯，是不错。”

“嗯，是不错。”

——把 E.B.怀特书信集当作他的自传来读

一、“最美的决定”

E.B.怀特（一八九九—一九八五）书信集中文版有个名字，叫《最美的决定》（张琼、张冲译，上海译文出版社，二〇〇九年），这个书名取自一九二九年怀特结婚后放在妻子办公桌上的便笺，写的是：“E.B.怀特渐渐习惯了这样想：他做了此生最美的决定。”

妻子凯瑟琳是《纽约客》的小说编辑，比怀特大好几岁，有九年的婚姻和两个孩子。怀特从一本旧的《纽约客》上剪下雷·欧文的画，与画相配的是爱因斯坦的一句话：“人们渐渐习惯了这样想，即空间自身的物理状态就是最终的物理现实。”爱因斯坦的话被怀特换成了自己的话；他还在给妻子的信里说：“这个婚姻是一次巨大的挑战，每个人都祝我们幸福，可那都是虚情假意的。”不过，“渐渐地，像雷·欧文那幅画中的爱因斯坦所说，人们会渐渐习惯诸如此类等等的观点。”

几年前，怀特第一次在《纽约客》的办公室露面时，他就注意到向他致意的凯瑟琳，“她长着一头浓密的黑发（一头鬈发）”；更让他印象深刻的，是她那种让一个初出茅庐的年轻作者感觉轻松自在的本领。他后来回忆道：“我静静地坐在那里，凝视着我未来妻子标致的容貌，像往常一样，对自己的举动毫无知觉。”

吸引力是奇妙的东西，没有多少人能清楚地知道它藏在哪里，会在什么时候产生什么样的作用。新婚不久，怀特说过这样的事情：“我很快就感到自己没有选错妻子。一天下午，我帮她打点过夜行李，她对我说，‘再放些牙绳。’我立刻明白，一个管洁牙线叫牙绳的女子准定是我的妻子。为找到她，我寻觅了好久，不过很是值得。”

一九七七年，凯瑟琳去世，怀特一下子陷入困境。“我目前的生活十分艰难，除了要努力从失去共同生活了四十八年的妻子的伤痛中恢复过来，还得处理她的财物。”所说的处理财物，主要就是按凯瑟琳的遗嘱把大量的书籍和文学资料分送给几个图书馆和大学。“这番劳作耗时费力，而且令人伤感；此刻，我徜徉在这方旧宅中，凝望着空荡荡的书架，一段段回忆挥之不去。”

一九七八年，怀特获得普利策奖，在回复友人的信中，他写道：“没错，凯瑟琳当然会为我获得普利策奖感到高兴，可没有她，生活对我已无甚意义，无论得奖与否。她就是我这一生中最大的奖励，我竟能获此大奖，早已心存敬畏。我发现，没有她，生活变得十分艰难，这倒不仅是因为她在许多事情上给了我实实在在的帮助，还因为她使我无论白天黑夜都感到安定，而现在，我整天觉得飘摇不定，心里一团乱麻。我好像无法跟上日常生活的节奏，也无法处理邮箱里的物件。”

二、“每周布道”

一九二五年二月，《纽约客》创刊；九周后，怀特的文章第一次出现在这份杂志上。当时有谁能够预想，开了这个头，后来会怎样？

后来，怀特为《纽约客》撰写了一千八百多篇文章。

《纽约客》的创办人哈罗德·罗斯邀请怀特加入杂志，写“时闻杂谈”，他成了这个栏目的主要撰稿人，一写就写了五十六年，直到八十三岁高龄，不能再写为止。

为《纽约客》撰稿和做编辑工作，怀特胜任，但并不总是愉快。粗略地说，他给《纽约客》的稿件大致可以分为两类：一类是他作为一个自由撰稿人写的，写什么，什么时候写，怎么写，那主要是他个人的事，杂志可以用也可以不用，这种情况比较简单；另一类，是他作为杂志的一员而写的，这种撰稿主要是工作而不完全是个人性的写作，当然有个人的色彩和特性（否则罗斯为什么要特别青睐怀特呢？），但这个个人常常是“匿名”的，常常不得不服从于工作的性质和要求。这就比较麻烦。有时，怀特会把他每周按时交出的稿子称为“每周布道”。

一九二九年七月，他从安大略的一个露营地向罗斯抱怨说：“由于事实上《纽约客》已让我日趋乖戾暴躁，我避得越远越好。我很佩服您那超乎寻常的本领，竟然能忍受——事实上是应付我对《纽约客》多少怀有的报复心，以及三番五次开溜的狡猾习惯……除了比不上您本人，或许还有其他一两个人，我对您这本杂志的珍爱大概不比任何人少。只是，对我来说，它并不是我的整个人生，这也是我为什么要回到一九二〇至一九二一年夏天自己曾经工作的地方，并感到如此快乐的原因之一。”

这样的情绪，在漫长的撰稿生涯中会间歇性地发作。一九三七年三月，怀特给他哥哥的信中说：“到了夏天，我打算离开《纽约客》，至少离开一年时间，类似休年假性质的，而且我对此心怀期盼与喜悦。我想知道，能不怀着编辑的焦虑心情和劳作让一周时间泰然经过，会让人有怎样的感觉。没等思想成形就非得将它们写下来，这太可怕了，而且我还持续不断地做了那么久。所以，到夏末我就停下工作，让自己投身于休闲的腐朽和精神的逆流中。”

一九三八年到一九四二年间，怀特应邀给《哈泼斯》杂志写每月个人专栏，起了个名字叫 One Man's Meat。他给罗斯写信解释此事：“从你的信中，我得知你并不明白我干吗要每个月为《哈泼斯》而不是为《纽约客》写上同样数量的两千五百字。其中有一些原委。其一，在类似 N&C 这样的栏目里，主题和自我表达的方式受到一定限制，为此工作十年之后，这活就变得令人生畏，有时还让人觉得压抑；在一个特约专栏里，就可以用‘我’而不是‘我们’，可以涉及新的领域，而到了我这个阶段，这就很必要了。另外，每月一次的栏目让我有三周的自由时间，可以用来进行耗时颇久的工作，例如用木瓦给粮仓盖屋顶，或是研磨思索曾经的某个想法。我需要这种间歇，期间我不必为发表硬是写点什么。从N&C中我无法获得这种自由，因为它们风雨无阻每周五都要刊出。”

用复数第一人称“我们”来写，但这个“我们”是谁呢？对这个匿名的“我们”，怀特屡发牢骚。一九五四年出版的作品集《从街角数起的第二棵树》（孙仲旭译，上海译文出版社，二〇〇八年）序言里，又老话重提：“有三组文章，读者看到的是原发表于《纽约客》杂志‘且评且记’栏目的笔记选，这些当然是用第一人称复数表达的，这种做法在报章杂志上屡见不鲜，也是愚蠢之举。我不知道这种社论式的‘我们’源自何处，不过我认为最早使用时，肯定是表达全体或者某一机构共有的意见，但是很快，负责表达这种意见的个人将基本职责忘到脑后，开始谈论起自己，兜售起个人偏见来，却抱着‘我们’不肯放手，因此给别人一种印象，即这种东西是由长得一模一样的双胞胎或者表演翻筋斗的一群人所写。我对此完全无能为力，建议读者也别当回事。”

“我们”所谈，有极大的事也有极小的事，有些时过境迁可能没有多大看头了，有些就是到今天也仍然不失其意味。我从上面说到的《从街角数起的第二棵树》里随意选一篇（我挑这篇的最大理由是字数少，可以抄在这里），题为《暂时》，不妨一读：

在龟湾一带一块块补丁似的小花园里，五六片枫叶让秋天带上了刺鼻的味道。几天前的一个上午，一只画眉鸟出现在这里，我们在窗前看着它，褐色，不期而至，正在探索那片林子，蘸一下喷泉。这种来访，给一个城里人带来了独特的满足感；如果我们是在乡下发现的它，欢乐只会有这次的一半。城市是人们喜欢以片剂状、浓缩的方式过日子的地方：一片森林减少至一棵树，一个湖泊蒸馏成一个喷泉，在空中飞行的所有鸟类，体现到暂时飞进某个小花园的一只画眉身上。

这篇短文里虽然出现了两次“我们”，其实却是一个非常怀特的“我”在观察，在思想，在表达。我读到城市人片剂状、浓缩式的生活，马上联想到的是，二十一世纪上海小学二年级的语文课本（或者是类似课本的语文书，记不清了）里的一篇课文：爸爸带着儿子，给楼下一小块空地里的那棵小树浇水，说，这棵小树将来会变成一片森林。瞧，“一片森林减少至一棵树”，虽然是倒过来说，实质还是那么回事。我看着学习这篇课文的儿子，真是感受复杂。

一九八二年，怀特因视力严重衰退而不得不放弃“时闻杂谈”时，抱怨与牢骚早已消散或者化为美好的记忆：“我每周写时评，已经写了五十六年。眼睛已经无法胜任。我会怀念‘时闻杂谈’的，并不是因为这有什么了不起，而是因为它让我产生一种幻觉，觉得自己在工作上积极投入，且颇有收获。就写作本身来说，写‘时闻杂谈’并未占去我太多精力，反倒成了一种寄托，让我熬过难受的早晨，并安定或稳定自己的情绪。我还能为此不断地从《纽约客》领到工资，真是裨益颇多。”

三、三本童话

大约在二十世纪三十年代头几年的某个晚上，怀特做了一个梦，梦见一个有点老鼠的性格和外表特征的小孩。这让他产生了为孩子们写一本书的冲动。但很多年这本书一直处于酝酿状态。一九三九年，他把未完的手稿寄给《哈泼斯》的尤金·萨克斯顿，信中说：“我得冒着被人视为确实很古怪的危险，向你袒露并承认，小斯图尔特在我梦中完整出现过，他戴着帽子，拿着棍子，一幅活泼敏捷的样子。因为他是唯一一个给我的睡眠带来荣耀和干扰的小说人物，我被他深深打动了，觉得自己无权随意把他变成蚱蜢或小袋鼠。”

这本还在写作中的童话引来了很多关心，也一同带来了压力。“为了斯图尔特，我妻子也一直对我唠唠叨叨；事实上，我今天告诉她，说她该消停消停，因为把我逼得太急了。”《哈泼斯》准备在一九三九年秋季出版，可怀特坚持，“一切要取决于最终成果能否让我满意。我宁肯等上一年也不愿出一本糟糕的儿童读物，因为我非常尊重孩子。”他给萨克斯顿写信说：“难题之一是要找到一位满意的插图画家，不知道你对此有何想法。他得喜欢老鼠和人，而且对他们的希望、快乐、失望等等要多少了解一些。”

最有意思的是纽约公共图书馆的儿童书籍管理员安妮·卡罗尔·穆尔，她是儿童文学界的权威，也是怀特文章的欣赏者，她听说怀特在为孩子们写书，急切地写信表达欣喜。怀特回复说：“我对儿童作品很有顾虑，因为很容易陷入一种廉价的异想天开或狡黠之中。对此危险尝试，我不太有自信，除非我正在发烧。”在另一封回信里，怀特又说，“我本质上并不是富有想象力的人，对自己能否写出真正让孩子爱读的书并不抱奢望。”

热心的安妮·穆尔一直等到一九四五年，才设法弄到这本书的长条校样，先睹为快。可是，与她想象的完全相反，她读后的感受是，“我此生还从未对一本书感到如此失望过”。她给凯瑟琳写了一封长达十四页的信，强烈地恳请她劝说怀特放弃该书的出版。凯瑟琳告诉她，这本书写的是一个梦，就像爱丽丝曾经做过的梦一样；怀特经过了十二年，才把这个梦清晰地记录了下来。

怀特的第一本儿童文学作品终于在这一年出版了，它就是《精灵鼠小弟》。

书出版后的很多年里，一直有读者来信问到书的结局，问到小斯图尔特最终有没有找到玛加洛。“我没有在书中给出答案，因为从某种角度说，斯图尔特的旅行象征着每个人都在行进的旅程，大家都在寻找着完美和无法企及的东西。这个想法也许太难懂，不该摆在儿童读物中，但我还是这么做了。”

二〇〇六年秋天，我在芝加哥大学附近的一家旧书店里寻找怀特的旧书，书店老板从锁着的橱柜里拿出《精灵鼠小弟》的初版本，要以二百五十美元的价格卖给我。我说太贵了；他也承认，又把书锁进了橱柜。我当时想到的是，让美国的陈子善教授来为版本花这个钱吧。我转身到不远的另一家书店，买了一本不知道是多少次重印的平装小本，六美元。

《精灵鼠小弟》的成功，激励怀特又致力于第二部儿童文学作品的创作，一九五二年，《夏洛的网》出版。怀特与《哈泼斯》签订出版合同时，提出每年从该书领取的版税最高限额为七千五百美元。事实证明，他对这本书的收益太没有想象力了。《夏洛的网》的销售量自出版以来一直稳步攀升，到现在总量为一千几百万册。“余下的钱，就由《哈泼斯》替我保管着，没准就存放在哪双袜子里。”书出版十年之后，怀特给此书的编辑写信说，多余的钱可以留给孙辈，至于自己，“我就是那个数到七千五百美元就封顶的男孩……唉，我有点像罗斯所说的警察，我无法想象任何超过七千五百美元的数字。对我来说，世界上的钱就这么多，而且已经用不完了”。

《夏洛的网》创作灵感来自怀特在北布鲁克林农场的日常生活。一九三三年，怀特夫妇在缅因州北布鲁克林买了一处四十公顷的农场，从此他们的生活就在纽约和这个农场之间游走。大致说来，“我前半生大部分时间住在城市，后半生大部分时间居于乡间。”（《E.B.怀特随笔》前言）怀特在自己的农场饲养了很多动物，“有一天，我拎着满溢的猪饲料桶穿过果园，《夏洛的网》的创作念头出现了。当时我正打算写一本关于动物的儿童作品，我也需要一种保存小猪生命的办法，而且还在后屋里见过一只大蜘蛛，如此这般的，念头就来了”。

他给某校五年级一个班的小朋友回信，描述了他和动物们的亲密关系：“我真的有一个农场，在海边。我的谷仓又大又冷，我还养了十只羊、十八只母鸡、一只母鹅、一只公鹅、一头小公牛、一只老鼠、一只花栗鼠，还有很多蜘蛛。在谷仓附近的树林里，还有红松鼠、乌鸦、画眉鸟、猫头鹰、豪猪、美洲旱獭、狐狸、兔子、小鹿。在牧场的池塘里有青蛙、蝌蚪、真螈。有时候，会有巨大的蓝苍鹭到池边来抓青蛙。在海岸边还有矶鹞、鸥鸟，以及翠鸟等。低潮时，泥地里有蛤蜊。有七头海豹生活在附近的岩石和海水里，我划船时，它们会游到我船边来。家燕就在谷仓上筑巢，我车库下面还住着一只臭鼬呢。”

《夏洛的网》出版十八年之后，一九七〇年，《吹小号的天鹅》问世。

怀特一生只写了这三部儿童文学作品，三部都成了经典。

回想二十世纪八十年代末九十年代初期，在中国上海，一个叫南区的研究生宿舍区，不知怎么开始的，一群早已不是孩子、却还没有完全变为社会化的成人的男生、女生中间，悄悄流行起阅读和谈论《夏洛的网》；我甚至异想天开，以为可以把它改写成武侠小说（要是怀特地下有知，一定捶胸顿足还不足以表达其愤怒）。又过了若干年，严锋兄在前《万象》发表脍炙人口的《好书》，宣称理想的世界应该只有两种人存在，一种是读过《夏洛的网》的人，另一种是将要读《夏洛的网》的人。而他是在一九七九年第一次读过之后，反复阅读此书。严锋兄还说《夏洛的网》是好人之间联络的暗号；把这个说法改得平庸一点，可以是，某一类人之间联络的暗号。

四、“嗯，是不错。”

这篇文章写到这里还没有好好谈谈怀特的随笔，而他被认为是二十世纪美国“最受爱戴”的随笔作家。对于这类美誉，怀特多次说：我是一个老派的广告人，“最受爱戴”远不如“最受憎恨”更有吸引力。他曾给出版商写信，说到某本书勒口上的文字，他妻子加上的那句“最重要的随笔作家之一”，是句“玩笑话”，“她提高嗓音就是为了壮胆”。

我觉得关于怀特的随笔，说得最准确的还是他自己的话，是在给他哥哥斯坦利的信中：“很早以前我就发现，写日常小事，写内心琐碎感受，写生活中那些不太重要却如此贴近的东西，是我唯一能赋予热忱和优雅的文学创作。作为一名记者，我很有挫败感，因为我采访回来，内心充斥的不是事件的具体实情，而是一路上遇到的各种琐碎困惑和趣闻。在《纽约客》问世前，我未曾找到任何可以表达这些细枝末节的方式……有时候在描写自我（这是唯一所有人都熟悉的主体）的过程中，我会偶然体会到当手指触及真理核心时的那种极度快感，并听到在我施与的压力下人类所发出的那一声微弱的厉喊，那声音好古怪。”这段话写于一九二九年，怀特的名篇《重游缅湖》（1941 年）、《一头猪的死亡》（1947 年）要过很多很多年才诞生，但他对自己写作的认识早就清晰而明确了。

芝加哥大学的斯科特·埃尔吉要写一部怀特的传记，为此他花了十六年，一九八三年才终于出版。怀特晚年，剩下的那点视力很多用在读传记的手稿上了。

他常常会可怜传记作者，因为，“我自己的一生并没有那么激动人心，并未充满情色暴力。我知道，要为一个一生缩在打字机前的家伙写传记该有多么困难。这也是我的命。”“在为我写传记的人比我情况还糟糕。他肺部有问题，而且一直忧心忡忡，因为找错了写传记的对象。不管怎么说，我不是诺曼·梅勒，没有娶上七个老婆，也没能偶尔动动刀子。脑子正常的人决不会挑我来写传记。”

他也会抱怨传记作者，那么多的来信，那么多的问题，“斯科特对自己的研究太着迷，无论再细碎再无趣的东西，都舍不得丢掉”。他给斯科特的信里说：“我觉得，即使你已经做了一些删节，文稿还是太长。最可怕的事实是，我的一生并非如此有趣。我看着看着就睡过去了，尽管写的是我自己的事情。”

传记出版后，怀特致信斯科特，描述了这样的情形：“你的文字对我产生了奇妙的作用，我慢慢读下去，一天又一天，一夜又一夜。时而流泪时而发笑。流泪是因为回想起了过去的好时光，因为对凯瑟琳的回忆奔涌而出，笑是因为再次发现自己一直就是个愚蠢之极的家伙。大部分时候我是在笑自己，少数是笑这本书的作者，笑他陷在诠释性文字的乱线团里抽不出身……读起来很耗人感情，这倒没料到。它让我筋疲力尽，但心满意足。”

怀特生命的最后阶段，患有老年痴呆症。他喜欢听儿子为他朗读自己的作品。听完，怀特会问儿子，文章是谁写的。儿子答道：“是你写的，老爸。”

短暂的沉默之后，怀特说：“嗯，是不错。”

二〇〇九年八月三十日

“我很可能什么也没干，除了给鸟儿换水”

人有时候会渴望，稍稍偏离一下循规蹈矩的日常轨道；随笔作家尤其可能如此。因为，按照E.B.怀特的说法，随笔作家是些自我放纵的人。他自己呢，在为《纽约客》差不多每周写一篇“时闻杂谈”一类的稿子，写了十多年，赢得美誉和尊重之后，一九三七年，决定离职一年。

他当然清楚，“在当今世上，任何一位辞掉薪水工作的人都令人怀疑；此外，在一个井然有序的家庭里，任何偏离日常生活的行为都会引起警惕”。所以，他必然会被相关和不相关的人要求，解释一下自己的行为。

怀特是个聪明人，他预先就解释。他给妻子凯瑟琳写了一封信。这封信收在怀特书信集里，书信集中文版名为《最美的决定》（张琼、张冲译，上海译文出版社，二〇〇九年）。

“首先，是我为什么要放弃工作的问题。”这个问题容易回答，譬如工作一成不变让人厌烦，每周按时交稿让人持久地焦虑，等等。

难回答的是，辞了工作以后干什么。这是很多人关心的问题。

"大体说来，我的计划就是没有计划。不过每个人都会有秘密规划，我也不例外。写作是一种秘密恶习，就像自我虐待。一个对这样或那样事物充满了诗意渴望且备受渴望煎熬的人，会去寻找一种才智和精神的隐秘之处，并沉溺于此。"

显然怀特并没有把他的秘密规划说清楚。或者他自己也没想清楚，或者他并不想说清楚。他想写一首自传体长诗，但他不愿意和任何人，即使是亲密的妻子，谈这个事。对有些作家而言，存在着一种神秘的禁忌，即：如果在作品还没有写的时候就说了出来，极有可能就再也写不出来了。重点还不在这里，怀特最终也没有完成这首长诗；重点在，这个秘密规划本身并不是这一年里一定要去做、要做好、要完成的事。"如果到了年底，除了一大碗烟蒂外一事无成的话，我也不会为此患得患失。"

那么，你到底要干什么？

"我只是想说遵从男人古已有之的那种来去不定、无拘无束的特权……我要有几次游历……我可能会花大量时间在公园、图书馆、火车站候车室，那里是我在享受这些宜人生活前徜徉的地方。吃饭时间也许无法固定，因为在这十二个月中，我不会为餐饮时间而改变行程。希望这话听起来不像是忘恩负义，也不是一次独立宣言，我只想借此告诉你，我有了新规则，怎么想就怎么干，而不是固定的家庭劳务和办公室工作。我想有一个重要特权，即不回家吃晚饭，除非碰巧，我并没计划缺席，也没计划出席，只是没有计划。"

就是这些。

"我恳求你不要把这事或我想得太严重。我还是原来的这个老家伙……我不想让你蹑手蹑脚地在客厅里来回走动，让其他人别打搅我，因为我很可能什么也没干，除了给鸟儿换水。不过我希望你能大致理解我在这段宽限期内的心中所想，希望当你看到我在某个周四下午冒雨离家去贝尔波特时，即使内心窝火，也能泰然面对。”

怀特的幸运在于，他的妻子凯瑟琳，《纽约客》的小说编辑，能够读懂他的信。她曾经在怀特某本随笔勒口处的作者介绍里加上一句“最重要的随笔作家之一”，当然了解随笔作家的一般习性。

随笔作家享受随笔这种文体的自由自在、无拘无束，进而越出文体，要求享受自由自在的生活和无拘无束的存在，在文体和生活之间，好像有一个通道。不过，在我看来，随笔这种文体对自由的追求，无论是强度、力度还是幅度，其实都不算特别大，有边界，有尺度，当然不是无限的。这不，在“年假”之后，怀特又重返《纽约客》的“时闻杂谈”，一直写到他八十三岁视力不济为止，前前后后写了五十六年，他自己计算过，“共二万零一百四十天，还不算闰年”。

二〇〇九年九月一日

写这些被生活淹没了的人

——雷蒙德·卡佛和他的小说集《大教堂》

一

很多年前，我读到雷蒙德·卡佛的短篇《这么多水，离家这么近》(*So Much Water So Close To Home*)，内心震惊，又无以言表，就此开始搜集卡佛作品。我在广州买到一本小小薄薄的《你在圣·弗兰西斯科做什么?》(于晓丹译，花城出版社，一九九二年)，又从朋友那里借来台湾版《浮世男女》(张定绮译，时报文化出版企业有限公司，一九九四年)长期不还，还从北京找回一本“英语注释读物”《雷蒙德·卡佛短篇小说集》(中国对外翻译出版公司，一九九二年)。那真是值得追忆的阅读年代。没想到的是，那差不多已经是激情阅读年代的尾梢了，十多年之后，我好像是得了文学阅读疲乏症，面对唾手可得的大量作品，却长久提不起兴致。就在这个疲乏症持续蔓延的时候，卡佛的《大教堂》(肖铁译，译林出版社，二〇〇九年）出现在眼前，就像预感到的那样，我再一次被卡佛的小说所吸引和打动。

中文版《大教堂》的前言出自村上春树的手笔，不知道这是怎么回事，也许是借用了日文版的前言，但不必管它；我感兴趣的是村上也是从我上面提到的那个短篇（又译《脚下流淌的深河》、《水泊离家那么近》等）谈起，他说一九八三年“偶然从一本选集里读到，便认定为杰作，深受感动，不能自已，一口气将它译了出来”。“第二年我去华盛顿州奥林匹亚半岛，登门拜访卡佛，和他面对面交流。那时候我根本没想到过，自己会亲手把他的作品无一遗漏地全都翻译出来”。

二

卡佛曾说：“所有我的小说都与我自己的生活有关。”而他自己的生活，怎么表述呢，用温和的说法是，“我自己过的生活不合我的身”。

《大教堂》里有一篇极短的《约瑟夫的房子》，说的是一个戒了酒的老男人魏斯，租下一套房子，打电话请求分开的妻子一起来住：“埃德娜，从这儿的前窗，你就能看见海，能闻见空气里的咸味。”于是，那年夏天，这一对经历了很多事的夫妻消磨他们安静的日子。有一天房主约瑟夫来说，他女儿要来住这处房子。魏斯走进屋，把帽子和手套扔在地毯上，然后一屁股坐在一把大椅子上。“约瑟夫的椅子，我突然想到。而且也是约瑟夫的地毯。”

魏斯说："到现在为止，这是我们幸福的房子。"他们的儿女都大了，有各自的生活。魏斯说他希望他能重新做一次父亲，而且这次能做得好一些。"我说，他们爱你。""不，他们不爱。魏斯说。"

"魏斯站起来，拉下了窗帘，就这样，一下子，海就没了。我进屋去做晚饭。冰柜里还有些鱼。别的就没什么了。我想，那就是结束了吧。"

卡佛的小说写的大多是这样的人，"中低下产阶级"，"后来变成已经不再是'中低下'级，而成了美国生活里最绝望也最庞大的下层土壤。这些人无法完成他们经济与道德上的义务和职责。就在他们中间，我生活了很长一段时间"。

卡佛一九三九年出生在俄勒冈西北部的小城克拉特斯卡尼，父亲是个锯木工人兼酒鬼，母亲做饭馆招待和零售推销员。卡佛高中毕业就到锯木厂工作，十九岁结婚，二十岁就有了一个四口之家，却居无定所，之后的二十多年里，卡佛带着全家从一个城市辗转到另一个城市，做过一个又一个临时工：加油工，清洁工，看门人，替人摘郁金香，在医院当守夜人兼擦地板，如此等等。"从我还是个十几岁的孩子开始，我就无时无刻不担心自己身下的椅子随时会被人移走。一年又一年，我爱人和我整日奔波，努力保住自己头顶上的屋顶。"

卡佛一生只写短篇小说和诗歌，还有一些散文，是因为不得不写那些能够"一坐下来就写，快速地写，并能写完的短东西"。

令人惊异的是，这样极端不安定的状态并没有使他放弃写作，他从六十年代初开始发表作品，但长期以来写作对他的生活没有带来一点点改善。他没有停止写作，同时也没有停止酗酒。他的小说里总是有酗酒的人，他常常写到酗酒，写到酗酒给生活带来的一团糟，写到试图从酗酒中挣扎出来的努力。一九七四年他不得不因为严重的酗酒问题辞掉好不容易得到的工作，一九七六年又不得不把几年前好不容易买来的第一栋房子卖掉，以付清因酗酒造成的住院费。

读过卡佛的小说，就会同意肖铁在译后记中的描述："在卡佛的大部分作品中，贫困和绝望不是回忆中的过去时，而是小说人物以及卡佛自己的生活现状。"卡佛是"写失败者的失败者，写酒鬼的酒鬼……失败不是故事的开始，也不是故事的结束，而是他们故事的全部。生活的变质和走投无路后的无望，不是人物性格命运的转折点，不是通向某种解脱或升华的中转站，而是人物的常态。卡佛不是在绝望中寻找希望的作家，而是一个鲜有的能够以悠长的凝视直面无望的失败者"。

卡佛自己并不觉得写这样的人物有什么特别或反传统之处，多少是为自己辩护，而事实上也确实如此，写这样的人物倒是文学的一个传统，"一百年前，契诃夫就开始写这类被生活淹没了的人了。短篇小说作家一直是这样做的"。

三

一九七七年卡佛戒酒，生活也出现了转机。到一九八〇年，他甚至有了稳定的大学教职。一九八一年出版《当我们谈论爱情的时候，我们到底在谈论什么》，这是他第三本小说集，后来被尊奉为极简主义文学的典范。一九八三年他获得美国文学艺术院颁发的“施特劳斯津贴”，就此不必为生计发愁，辞职成为职业作家。

《大教堂》里面的十二篇小说写于一九八二年到一九八三年间，卡佛自己也感觉到：“在这期间，我自己的生活状态变了很多，显然生活中的变化带动了我写作的变化。《大教堂》中的小说，与我过去的小说相比，都更加丰满一些，文字变得更慷慨，可能也更积极了一些。”

这样的变化当然是发生了，但要说这个变化对小说的基本面貌有多少改变，无论如何还不能夸大。以《约瑟夫的房子》为例，这一对分开来的夫妻在短暂的相聚期间，是平静和安闲的，魏斯甚至说出了“这是我们幸福的房子”这样的语言，而这样的平静、安闲和“幸福”之感，在卡佛以前的小说里很难找到；但没有改变的是，生活仍然会把他们驱赶进泥潭里去。

在不夸大变化的前提下，却应该珍惜这些“积极”的变化。像《好事一小件》和《大教堂》，篇幅明显长了一些，里面的人物之间，出现了卡佛以前小说里缺乏的交流、和解，甚至是理解和温暖，尽管这短暂的理解和温暖不足以改变生活上的麻烦和精神上的困境，但毕竟出现了这样明亮一点的东西。

一九八八年卡佛五十岁去世，安稳写作的日子只享受了五年。他的遗稿中有一篇《柴火》，倒确实“更积极了一些”。梅耶在戒酒所里待了二十八天，这期间，他妻子跟另一个酒鬼跑了。梅耶拿了点东西，住进出租的房间里，给他的妻子写一封很长的信，“没准是他这辈子写的最重要的一封信”，他希望有一天她会原谅他。房主有一卡车的木头要锯成柴火，梅耶要求来干这活。“你知道怎么用电锯吗？会用斧头和锤子吗？”“你可以教我，梅耶说。我学得很快。对他来说，锯那些木头是一件重要的事情。”他锯的时候感到了一种节奏，就跟着节奏锯。晚上他在笔记本里写道：今天晚上我的衬衫袖子里有锯末。是一种香甜的气味。木头锯完的那天，梅耶打算走了。晚上他打开窗，看着窗外的月光和白雪覆盖的山巅，他看着黑暗中那堆锯末，车库门洞里那些码好的木头。他听了一会儿河水的声音，房主曾经告诉他，那是全国流速最快的一条河；他让窗户敞着，就能听到河水冲出山谷流进大海的声音。

四

极简主义文学说得通俗点，就是给文学“做减法”。译后记对卡佛的“做减法”有个简洁有力的描述：“就像生活把卡佛小说中的人物毫不吝惜地剥了个精光一样，卡佛把自己的文字削到瘦骨嶙峋。”如同许多作家反感贴在他们身上的标签一样，卡佛也不喜欢极简主义这个牌子。当初是不得不选择那些坐下来一次就能写完、最多两次写完的短东西，哪里会想到后来成了被追捧和模仿的风格。

但卡佛小说的“瘦骨嶙峋”确实带来了特殊的艺术效果，卡佛愿意把他自己的方式和海明威的路子联系在一起，他这样认为：“是什么创造出一篇小说中的张力？在一定程度上，得益于具体的语句连接在一起的方式，这组成了小说里的可见部分。但同样重要的是那些被省略的部分，那些被暗示的部分，那些事物平静光滑的表面下的风景。我把不必要的运动剔除出去，我希望写那种‘能见度’低的小说。”

《大教堂》的译者特意从卡佛的随笔和访谈录中挑选了一些自述性文字，附在小说集后面，以便于读者对卡佛文学的理解。本文所引卡佛的话，也都出自这里。卡佛说话常常像他的小说一样朴实而又锐利，最后抄两段，你看看是否会像不少作家那些聪明、机智、漂亮的语言那样让你读来无动于衷，过后就忘了：

> 无论是在诗歌还是在小说里，用普通但准确的语言，去写普通的事物，并赋予这些普通的事物——管它是椅子，窗帘，叉子，还是一块石头，或女人的耳环——以广阔而惊人的力量，这是可以做到的。写一句表面上看起来无伤大雅的寒暄，并随之传递给读者冷彻骨髓的寒意，这是可以做到的。
>
> 文学能否改变人们的生活……我小的时候，阅读曾让我知道我自己过的生活不合我的身……我想，文学能让我们意识到自己的匮乏，还有生活中那些已经削弱我们并正在让我们气喘吁吁的东西。文学能够让我们明白，像一个人一样活着并非易事。

二〇〇九年一月二日

和写书的那个人见面，还是不见

钱锺书曾经在电话里对一位求见的英国女士说："假如你吃了个鸡蛋觉得不错，何必认识那下蛋的母鸡呢？"这句俏皮话经杨绛披露后，引用率还真不低。

二十世纪的"新批评"理论，强调对于文本的细读；至于文本的作者，还是要想办法"隔开"，否则就可能受其影响，走入迷途。"新批评"提醒，来自于作者的"意图的谬误"，可要当心。

但话又说回来，杨绛说钱锺书那样"既欠礼貌又不讲情理的拒绝"，让她"直耽心他冲撞人"，所以写了《记钱锺书与〈围城〉》。这或者可以解释为对那些不认识钱锺书却又很想认识的读者的一种补偿？无论如何，对于想认识"下蛋的母鸡"的人，多多少少是一种满足。

两千多年前，孟子有言："颂其诗，读其书，不知其人可乎？"这句古训，也可以拿来作为认识"下蛋的母鸡"的理由。

当然，"知"，或者"认识"，并不是求见一面；就算见上一面，也未必就能达成"知"或者"认识"。况且绝大部分经典著作的作者，和读者时空遥隔，没有时光倒流机和空间穿梭器，徒叹奈何。更何况在今天，求见拜访，差不多是追星族的行为，读书人与字纸相晤，怎么可以同流于粉丝与明星面对面。

不过，所有这些理由都不能泯灭与伟大作者接触的愿望。如果有这样幸运的事情发生——事实上，这样的事情并不罕见——会是什么样的情形？可能会有什么样的结果？

约瑟夫·布罗茨基多年后回忆他青年时代与前辈诗人安娜·阿赫玛托娃（一八八九—一九六六）的见面时，早已在世界诗坛盛誉加身，也许这样的时候更能让他意识到那些会面的意义。“我说过，与阿赫玛托娃的每一次会见对于我都是极为出色的体验。这时，会切身感受到遇上了一个比你优秀的人。优秀得多。和用一种语调改变了你的人在一起。阿赫玛托娃仅凭嗓子或一扬脑袋就将你转化成人。我想，无论以前或以后都不会发生类似的现象了。也许当时我还年轻。发展的阶段不会重复。和她聊天，或不过和她喝茶，喝伏特加，你很快就变成基督徒——一个基督教意义上的人——比阅读有关的文本或进教堂更有效的。”

这是一种无与伦比的体验，发生在文本之外，带有某些神秘性，却也是最切实的。所以布罗茨基会从不同的角度，反复地谈到与阿赫玛托娃的会面。“我们接近她不是为了赞扬，不是为了文学的好评或者为了对我们文学的期许，至少不是我们全体，我们走向她，是因为她使我们的心灵在活动，是因为她的在场令你仿佛否认自己，否认了你处的心灵的、精神的——我不知道怎么称呼它——水准，你会为了她所使用的语言而否认你与现实交流时所使用的‘语言’。”

与伟大的作者会面，有时候情形可能变得比较复杂，比布罗茨基体验的还要复杂。

苏珊·桑塔格（Susan Sontag，一九三三—二零零四）写过一篇题为《朝圣》的小说，里面的女主人公和作家本人在精神成长上具有密切的相似性。一个早慧的高中生，十四岁，读书和音乐让她进入忘我的状态。一九四七年的一天，她买到一本《魔山》。“在整整一个月的时间里，这本书都在我的房间里，我几乎是一口气把它读完的。我本来想细嚼慢咽地读这本书，但兴奋和激动使我不能这样做。在读到三三四页到三四三页，汉斯·卡斯托普和克拉芙蒂娅·乔查特谈爱情的时候，我还是放慢了速度。他们说的法语，我没有学过法语，但我不愿意跳过这一段，于是我买来一本法英词典，一个字一个字地查阅他们的对话。读完了这本书，我实在舍不得放下，就以读这本书应该用的速度，每天晚上朗读一章，又从头到尾把它重读了一遍。”

她把书借给朋友，朋友提议：“我们为什么不去看看他呢?”那个时候，托马斯·曼（Thomas Mann，一八七五—一九五五）从希特勒统治的国土流亡美国，正居住在同一座城市里。

这个提议马上让她的阅读喜悦和对作家的敬慕之情，变为羞愧和难为情。“我有他的书。”——“我不想和他见面。”——可是朋友已经通过电话约好了。“我在忐忑不安中度过了一个星期。我将被迫去见托马斯·曼，这似乎是一件极为不妥的事情，而他要浪费时间来会见我则是一件显得十分荒唐的事情。”

这一天终于来了。“我对他充满敬畏，他就在我的面前，这使得我在开始的时候只看到了他而看不到别的东西。现在我开始多看到一些东西了，例如，他那显得有点凌乱的桌子上的东西：钢笔，墨水台，书籍，纸张，还有一套装在银框里的小照片……此外便是书，书，书，几个从地板到天花板的大书架上面全都堆满了各种各样的书。和托马斯·曼在同一间屋子里，这真是一个令人激动，令人惊异的伟大事件。但是，我也感到了我所看到的第一个私人图书馆对我的诱惑。”

整个的会面过程——谈话，喝茶，吃小点心——因为敬畏和难为情的交织而让这个女孩内心紧张，甚至她都巴不得赶快逃掉。“我现在身处文学世界的觐见室里，我渴望生活在这个世界中，即使是做一名地位最卑微的公民（我根本没有想到告诉他我想当作家，这和告诉他我在呼吸一样毫无意义。我在那里——如果我必须到那里的话——是作为一个崇拜者，而不是想要和他平起平坐）。我在这里见到的这个人只会说一些格言警句，虽然他就是写托马斯·曼的书的那个人；而我说出的都是一些傻乎乎的话，虽然我的心里充满了复杂的感情。我俩都没有处于最佳的状态。”

多年以后，她也成了一名作家。终于，她可以为当年自己的敬慕和难为情在精神成长中找到准确的位置，找到它们所开启的未来的可能性。“我现在仍然能感觉到自己从令人窒息的童年中解放出来时的兴奋和感激。是敬慕之情解放了我，还有作为体会强烈的敬慕感的代价的难为情。那时我觉得自己已是个成年人，但又被迫生活在孩子的躯壳里。后来，我又觉得自己像一个有幸生活在成人的躯壳里的孩子，我的那种认真热情的品质在我的童年时期就已经完全形成，它使我现在还继续认为现实还未到来，我看到在我的前面还有一片很大的空间，一条遥远的地平线。这就是真实的世界吗？四十年以后，我还是像在漫长而累人的旅途上的小孩子一样，不停地问着‘我们到了吗？’我没有获得过童年的满足感，作为补偿，我的前方总是呈现着一条满足的地平线，敬慕的喜悦载着我不断向它前进。”

一个害羞、热情、陶醉于文学的女孩和一个流亡文学家的会面，变成了一次朝圣。朝圣，并非只是当时的强烈体验，时过境迁，那种强烈体会的敬慕的喜悦和难为情，仍然有能量释放出来，把精神的发展推向现在和将来。

二〇〇九年十月一日

普希金右臂上的三只鸟

普希金右臂上的三只鸟

在圣彼得堡，要看雕像的话，恐怕是看不完的。凡是游客，都要去看看最著名的“青铜骑士”吧，那是彼得大帝纪念碑，因普希金长诗《青铜骑士》而得盛名。不过，对我来说，最神奇的还是普希金的雕像。最初，比雕像更吸引目光的是雕像下面的两个女孩，一身朋克装扮，给人以瞬间的震惊。朋克早就没有什么稀奇，不过你没想到在普希金像下猝然而遇。但也就是瞬间的事情，她们走到一边去了，眼光还是要不由自主地抬起来，仰望高高矗立的普希金青铜雕像。

后来朋友看我拍的照片，有了一个美妙的发现。这座普希金雕像我拍了三张，每一张都不同。普希金侧伸开来的右臂上，并排立着三只鸟，这是第一张；第二张，是两只鸟；第三张，一只鸟。

即使是仔细看，你也觉得这些鸟就是原来雕像所有的，那么自然地立在诗人的右臂上。你甚至会想：如果不是为了让这些鸟立在这里，普希金为什么要把胳膊伸展开来呢？

我们在涅瓦大街的文学咖啡馆吃晚饭。这里是普希金生前经常光顾的地方，决斗前还来此喝酒。现在是家堂皇的西餐馆，门口有普希金蜡像，二楼餐厅里面有普希金大理石雕像，看上去没有什么特别的感觉。倒是一架钢琴非常好，钢琴弹奏得令乐迷严锋兄连连赞叹。我回头看弹钢琴的人，是一位五十多岁的妇女，因为近，看得见她脸上的皱纹，那些皱纹，粗，踏实，舒展，坦然。

令我不忘的还有一些老年妇女的脸。参观完陀思妥耶夫斯基纪念馆，从半地下室的狭窄的门口出来，拐过一个弯，走上人行道，看到几位老年妇女，彼此隔着几步的距离，站在靠近人行道的马路边上，伸出一只手。她们穿着整洁，甚至可以说是讲究，她们的神情落寞、绝望却又尊严，一动不动地站着，看着行人从身边匆匆走过，一句话也不说。她们是伸着乞讨的手，可是你很难想象乞丐是这样的。

我还碰到过一个小偷，一个年轻的女性，也难忘她的脸。那是在冬宫，领我们参观的人事先就告诫，在达·芬奇的画作和米开朗琪罗的雕塑前，人最拥挤，也最容易失窃。《蜷缩成一团的小男孩》是冬宫唯一的一座米开朗琪罗的雕塑，我正在人群中观看的时候，感觉到有只手在动背着的包。我活动了一下，回过头，看见一个年轻女人，一件上衣搭在手上。我朝她笑了笑，她也朝我笑了笑，然后就离开了。

圣彼得堡的天空色彩浓重，层次繁多，与常常呈现黑色的涅瓦河相映照，壮阔雄旷。乘船在涅瓦河上游览，导游指着岸上的一个地方说，那是监狱。是阿赫玛托娃排在队列中，等待着大门打开，探望儿子的监狱吗？一个站在她身后的女人，悄声问道："你能把这里的情形写下来吗？"她回答说："能。"多年之后，我们读到了《安魂曲》。

来圣彼得堡之前，心里就想要去喷泉街，看看阿赫玛托娃旧居。没想到船转入了喷泉河，旧居，现在是纪念馆，就在眼前。心里不由地激动了一下。偏偏在这个时候，相机没电了。同伴太知道我的心思，给我连续拍了三张照片，哪里会想到突然记忆棒出了问题，只保留下一张。

中间隔了一天，特意去阿赫玛托娃纪念馆，居然那天不开放。只能站在外面，站在下面，看看那扇窗户。

其实此前就看过阿赫玛托娃的一座铜雕，竟然最初没有认出来。那是在圣彼得堡大学东方系的小花园里，树木枝叶掩映，不太容易注意这座雕像。我们在这里开会，三四天来，会前会后，会议期间，都会在这个小花园休息。四周的雕塑很多，其中我感兴趣的是，诗人勃洛克的雕像，在一个角落，那么瘦瘦长长地立着；作曲家拉赫尼诺夫的头像，竖在草地边上。阿赫玛托娃的雕像在树下，双臂交叉在胸前，神情是忧郁，还是别的什么？说不清楚。

印象强烈的是布罗茨基的青铜雕像。那是一颗头颅，放在一个破旧的旅行箱之上。雕像就坐落在小花园一角粗糙水泥地上，周围不是草、树和花。诗人的流亡生涯和颠簸命运一下子就凸现出来。在陀思妥耶夫斯基旧居也注意到一只旅行箱，但比起来，那只真实的旅行箱比这个青铜雕塑的破旧旅行箱，似乎要好一些。我曾经见过布罗茨基的一张照片，那是一九七二年六月四日他离开列宁格勒飞往维也纳，开始流亡生涯之时拍的，照片上他双腿分开，骑坐在旅行箱上。这座青铜雕像让我想起这张照片，但雕像去掉他的身体，旅行箱上只有一颗头颅，更有表现力。

布罗茨基能够流亡出去，还得感谢阿赫玛托娃和其他人帮助他从服刑中获释，在诗艺上他更是直接从这位前辈诗人受益匪浅。他称她是“哀泣的缪斯”。在诺贝尔文学奖的受奖演说里，他两次说到她的名字。他说，如果没有他提到的那几个人，“作为一个人、作为一个作家我都无足轻重：至少我今天不会站在这里。”没想到会在这同一座小花园里，见到他们。

二〇〇九年二月八日追记

“间离效果”

二〇〇六年秋天，我在芝加哥，周末有个学生来请我去看戏剧，布莱希特的《胆大妈妈和她的孩子们》。我还以为是他特意买票请我，一问知道不是。原来他上周去看这个话剧，到演出的时间，观众只有五个。演职人员大概有三十多位，他们当场投票，决定不演了。那么这五位观众怎么办呢？为了补偿买票的人，决定下次来看时可以再带一个人进场。一张票本来也只十美元。

剧场叫 Theatre Building Chicago，在城市的中北部，从芝加哥大学开车过去三刻钟。开场的时候我数了一下，坐在台下的人一共十五个。假设上周来的五位观众都来了，并且还各自都带了一个人来的话，那还是又另外增加了五个观众。

整个演出差十分钟就是三个小时，一般来说是长了点，但我看的时候还是感受到很强烈的震动。布莱希特的这部剧作当然是很强烈地反对战争的，换了一个时空，在美国对伊拉克的战争越来越引起一部分美国民众的反对和抗议的时候，剧团选择这部作品来演出，显然不是无的放矢。但看的人太少了，这矢仿佛射到了空气里。

这个经历让我想起黄佐临的故事。一九五九年，黄佐临把《胆大妈妈和她的孩子们》搬到了上海的舞台上，女主角是著名的演员丹尼，黄佐临的夫人。把布莱希特的戏剧和戏剧观念引进到中国，是黄佐临多年的梦想。那个时候，知道布莱希特的人恐怕不多，知道“间离效果”是怎么回事的人恐怕更少了，但也许是事先的宣传做得很好，很多人想一看究竟，到演出的时候，剧场爆满。可是接下来就不大妙了。演出到一半，观众也走了一半。慢慢地，台下的人就比台上的人少了。演出结束，台下只剩了一个人，黄佐临一看，是他的老朋友巴金。

我不能确定，或者说有些怀疑，最后只剩下一个观众的说法是不是夸张了；剩下的人数很少，应该是实情，黄佐临后来自嘲过，说，“间离”来“间离”去，把观众都“间离”没了。

二〇〇九年三月十五日

斜侧身体站立的姿势

鲍勃·迪伦的回忆录 Chronicles：Volume One，中文版的名字是《像一块滚石》，差不多谁都知道那是他最有名的歌。他回忆自己没出道的时候在酒吧里唱歌，“这段日子里让我出挑的是我的演唱曲目。它比其他咖啡馆歌手的曲目更令人敬畏，我的曲目都是最纯粹彻底的民谣，伴随着不停顿的吵闹的吉他弹奏。我要么把人们吓跑，要么把他们吸引得更靠近来看看我到底唱的是什么。没有中间的情况”。

二〇〇六年秋天，我在芝加哥 Sears Centre 听迪伦的演唱会。他已经六十五岁，已经不是当红明星，可他还那么倔强，好像“二十世纪伟大的摇滚音乐家”、“伟大的摇滚诗人”之类的盛誉和地位也没有把他变得“和善”一些，还像当年的无名青年那样，“没有中间的情况”。

他是为新专辑的发行巡回演出，可是芝加哥演唱会的地点选在离市中心那么远的地方，就不怕去的人太少？朋友开车带我走了一个多小时，到露天停车场的时候，那一大片密密麻麻看不到边的车辆，吓了我一跳。单看这些车辆，就知道迪伦的影响犹在。从上个世纪六十年代到现在，那可不是随随便便的“成功”。

暖场乐队下去之后，就是迪伦演唱了。一个人，唱了将近两个小时。就是一个人，就是唱。他不跟观众说话。更让人吃惊的是，他自始至终就是一个姿势：身上背着吉他，前面是个键盘，斜侧着身子站着。他的动作不过是弹几下吉他，或者动动键盘。斜侧对着观众的姿势一直没有变。中间休息之后再上来，还是那个姿势。而现场始终热烈。

散场后，与我同去的一位法国朋友很是抱怨，说美国人的舞台设计很简单很粗糙；场地也不好，怎么能把音乐会放在类似室内足球场的地方，听不清唱词；迪伦只是唱，不跟观众交流，不跟观众互动。

可是我心里说，法国朋友抱怨的这些实情，都一点儿也损害不了迪伦，就像，我无端地想起博尔赫斯说的一个意思：伟大的作品经得起各种各样糟糕的翻译的糟蹋。舞台设计、场地质量，对很多演唱者都是问题，可对鲍勃·迪伦不是。至于观众，当然，也不是问题。

过去了很长时间，想起鲍勃·迪伦那个不变的姿势，还是觉得震撼。

二〇〇九年三月十五日